蛇・靈・騰
黃・精・飛

林 煥 彰

詩 畫 集

推薦序
寫字給詩的每天
——贈言幾句

田運良
（詩人、佛光大學教授）

幾乎是每天或晨午或暮夜，Line或臉書，總會不時傳來隨興寫上的幾行詩，字清樸、情簡白、意深遠，是他、耄耋華齡猶精神熠爍的林煥彰，每天向世界問候打招呼的獨特方式。而他就如自深淵谷壑中拯救卑微我己地、如從高嶺群峰上解放壯闊我己地，孜孜營營鍥而不捨、瘋狂連續寫了半世紀，無畏無憾、歡喜感恩、真誠摯切地寫著寫著寫著……，林煥彰獻給詩的每天，有字為證。

煥彰兄擅寫現代詩、童詩、兒童文學早負盛名，早於三十餘年前，我們同職聯合報系時認識，他主編《泰國世界日報》副刊、我初任《聯合文學》助編，文學交往不多，真正再熟稔時，是我到佛光任教、他出身宜蘭礁溪，煥彰兄便是我這些年策辦蘭陽文學獎、開蘭吳沙文學微旅行、龜山島文學微旅行、文學名師講座、《宜蘭文學讀本》編選等，諸多在地文學事務的當然第一主角，甚而「蘭陽文學與文化」、「現代詩及習作」課程上，屢屢帶學生到礁溪路老街、轉運站口，親自領讀形象門面牆上他〈礁溪，最後一站〉的家鄉詩字……

詩裡我們更親密了，乃至即今佛光大學雲五圖書館書櫃裡、我研究室書架上，正存藏著林煥彰《生肖詩畫集》一連厚厚大大、重磅連轡好幾冊詩畫集：羊年《吉羊・真心・祝福》、猴年《千猴・沒大・沒小》、雞年《先雞・漫啼・大吉》、狗年《犬犬・謙謙・有禮》、豬年《圓圓・諸事・如意》、鼠年《鼠鼠・數數・看看》、牛年《好牛・好年・好運》、虎年《虎虎・虎年・有福》、兔年《玉兔・金兔・銀兔》、龍年《玉龍・祥龍・瑞龍》，以及今年重磅上架的蛇年《黃蛇・精靈・飛騰》，煥彰兄每本都揮筆落款、致上勉語，惕勵著青春學子、詩友後進詩途上勇闖奮進。他的努力不懈、他的持之以恆，一如幾句碑銘是鐫入青史的時間刻痕、一如幾卷墨硯是豪情揮毫的文房瑰寶、一如幾冊籍典是靈思集編的跨代重鎮。

煥彰兄每日每日字的書寫積累，既有童心諧趣、又富意致質感，抒發描摹對人文風情的憧憬想像，總有浸溺攸關生活故事的種種深層對話，常常是一景一物或一情一事、一山一水或一草一花等的細密觸發，打動於啟筆書寫之原意初心，驚艷成終章結篇之如願達成。展列偉壯的十一巨冊陣容，數千首詩刻鐫、數百幅畫墨彩圍成傲視現當代難再超越的輝煌里程碑，偉岸巔峰當前，請容我駑鈍靦腆而不敢不該言序論評，謹期待明年（2025）萬馬奔騰（馬年）之風雲際會，磅礡集成十二生肖之詩畫全集，勢當萬丈輝耀當代台灣詩壇。

謝謝林煥彰，就繼續寫字給詩的每天，也給晨午暮夜、也給逐年生肖、也給人間國度、也給歷史千秋。

推薦序
滄海一詩

謝武彰
（詩人、兒童文學家）

常常聽說做事要有恆心，但一般人總是說歸說，能以畢生之力做某件事的人，畢竟是少之又少。能持之以恆一路前行，往往會有意外的收穫，而成為眾人的典範，道理其實並不深奧。

煥彰兄，以不凡的毅力，寫詩已然超過一甲子。直到現在還是天天寫詩、處處寫詩，車站、車上、路上、旅途、旅館皆是書桌，旅次即刻抒懷，真是到了無事不可以寫詩、無處不可以寫詩的境地。作品完成以後即刻發布群組，好像古代詩人題詩在酒館、寺院牆壁，感懷散發在人間。

煥彰兄把生活寫成詩，把詩寫成生活，這是一般人所難以企及的。正如曹孟德在〈龜雖壽〉中說的「老驥伏櫪，志在千里」。其中，還得兼顧柴米油鹽，那就更令人欽服了。其寫作時間之長、作品數量之多、質量之厚，還能常常有詩、處處有詩，放眼現今四下，還無人出其右。

魚與熊掌，往往不可兼得。煥彰兄卻在現代詩及兒童詩雙管齊下、左右逢源，更難能可貴的是他在這兩個領域，都有亮眼的成績。回想五十年前兒童詩剛剛萌芽時，大多數作者還在摸索階段，幾位現代詩有聲量的詩人，就不明所以地主張，兒童詩應該如何如何發展？該如何如何寫作？似乎想把現代詩的路線之爭，移轉到兒童詩，當時曾經引起一些波瀾。幾位兒童文學圈的朋友看就有氣，我勸朋友們不如靜下心來寫作。因為兒童詩才剛剛出發，像一個學走路的嬰兒，有誰會要求嬰兒走路，得像模特兒走T台？站著說話不腰疼，諄諄言者自己根本也做不到。我勸朋友聽從內心的指引，並且「讓子彈飛一會兒」，看看情況再說也不遲。半個世紀很快就過了，當年聲量很大的幾位詩人都已隨風而逝，可惜說很多、做極少，本身並沒有留下什麼兒童詩作品。反倒是被點名的人，多少都有些作品，流傳在兩岸三地及僑社。其中，似乎有某種不可說的天道。

想起這些高高在上、自以為是人，煥彰兄的自持謙和、低調力行、自強且不息，把吃苦當作吃補、把吃虧當作體會，甚至委曲求全，兩者形成了強烈的反差，更加難能、更加可貴。一九九九年，亞洲兒童文學大會在台北市召開，如果不是他一肩扛起繁瑣的籌備工作，這個會能不能順利召開，還是一個未知數。幾個檯面上的人物，似乎與自身無關，就是當個「便頭家」，誇誇其談而已。空的杯子才能裝水，道理簡單明白。而能做到的人少之又少。

魚與熊掌，往往不可兼得。煥彰兄不但寫詩勤勞，對於兒童文學的公共事務，也投注相當的熱誠與心力。兒童文學學會如果不是他的奔走、擔起蕪雜瑣碎的組成工作，這個會是否能順利成立，還是一個很大的問號。因為，當時台灣還在戒嚴狀態中。還有大老級人物，原先並不十分贊同此事。所幸，在他的不懈努力之下，整合各方人士，學會才得以成立並運作至今，已過四十年。

儘管隔著海峽，兩岸的兒童文學作品早已悄悄流通。大陸的同行、令人讚賞的佳作、大名鼎鼎的作家、各文類的風流人物，都是令人好奇的。於是，煥彰兄率先組成大陸兒童文學研究會，後來再立案為中國海峽兩岸兒童文學研究會，開展兩岸兒童文學的交流。

並在一九八九年八月組七人訪問團，到大陸會見各方文友，兩岸兒童文學的交流才得以正式開局。這兩岸兒童文學的破冰之旅，至今已過三十年。煥彰兄還推動中韓兒童文學交流，一九八五年八月，童詩五家才得以訪問釜山，已近四十年。

魚與熊掌，往往不可兼得。煥彰兄還倡議興辦世華兒童文學館、創刊多種詩刊、個人講學、擔任駐校作家、參與學術會議與交流、協助同行及提攜後輩、登基隆山超過兩百次等等，諸事一路並行，謙虛自持並默默耕耘作品和人生。這些看似只是日常工作，但總合起來的體量卻十分龐大，耗費諸多寶貴的時間，這也是煥彰兄文學生命史中，非常重要的部分。他在現代詩和兒童詩雙管齊下，寫詩和做事又等量齊觀，把個人的正能量發揮到極限，而且成績亮眼，簡直就是一個超人。一個人發揮潛能散發出來的力量，真是不可思議。

煥彰兄曾說：「人死了，讓詩活著」，這是寫詩的理想境界，但是能如願的詩人，其實並不多。有的詩人下筆如有神，作品流傳千年；有的詩人終生苦思，毫無所獲。唐朝詩人張繼寫的〈楓橋夜泊〉，詩裡的鐘聲已繞樑了一千多年，而且還會繼續迴盪在時光裡。張繼的鐘聲慰藉了古人、今人和未來的人。其人雖然不可考，他的詩卻非常長壽。瞬間感懷，千古流傳。張繼辭世千年，他的詩仍然活著。

煥彰兄以超強的行動力及創作力，每年一冊的生肖詩系列即將完成十二年的循環，囑咐寫幾筆為序，我自是惶恐不安。由於自己在現代詩的經營顆粒無收，打擊率幾乎為零，自覺無力對強打者指說該如何如何揮棒。只能繞道以他的為人、作文及處世，說道說道能寫出好作品的緣由。大家常說文如其人、人品即文品，以煥彰兄的為人及處世皆純淨如水，沒有化學添加劑和調味料，文章可觀是極其自然的事。

詩人放飛自我，向人間發出抒懷，向時光寄發作品。滄海桑田中，即便僅有一首詩或一句詩流傳，便不枉此生。立言這麼困難的事，煥彰兄已經悄悄完成了。

苦短人生，起伏顛沛，苦辣酸甜，其中有詩。

伏櫪老驥，鼓起餘勇，繼續前行，其中有詩。

讓詩，活著……

2024　冬至

CONTENTS

卷一　第一天，只有一天

卷二　蝶與蛾

卷三　春天要穿什麼樣的衣服

卷四　夜，不會跟你翻臉

卷五　醉詩，醉酒

卷六　這裡，那裡

附錄　感恩、追思和懷念

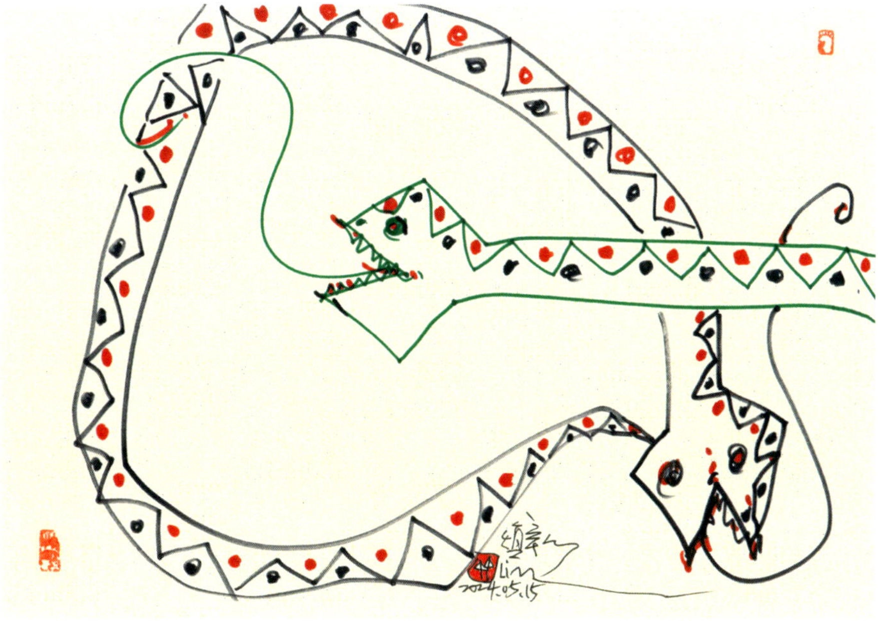
Lim
2024.05.15

卷首詩

蛇的哲学

蛇，教会我
牠的哲学；

哲学不是只有形而上；
蛇的哲学——
曲曲折折，可上可下……

路，不会每一條
都是直的
蜿蜒曲折的，很多；

能曲能伸，
是蛇的哲学……
(2024.02.15/19:02九份半半樓)
煥彰
Lin

卷一

第一天，只有一天

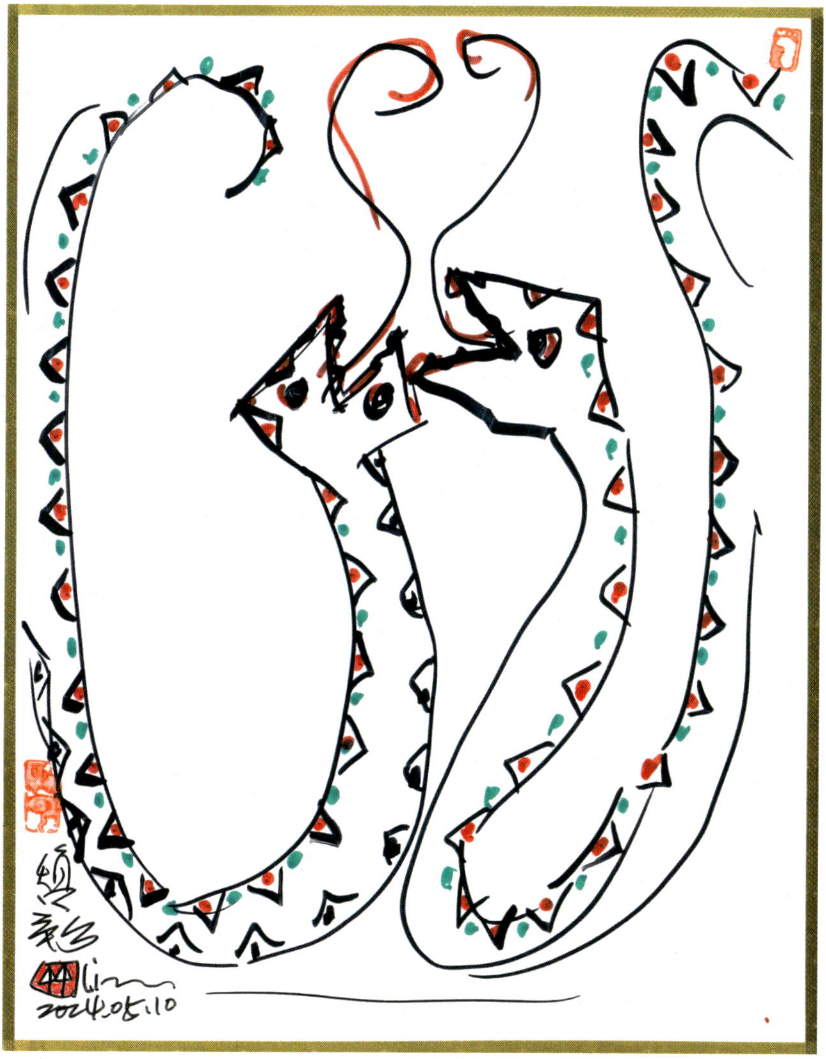

今天，也是我的第一天……

第一天，只有一天

今天，元旦
一年三百六十五天的
第一天

元旦，一年只有一天
還有，一月的第一天
只有今天：還有
一星期的
第一天，還有
只有今天出生的，他的
第一天，一生只有今天
是屬於他的
第一天；

還有，什麼是
第一天，天天都是
從來沒有出現的
都是第一天；還有
我每天醒來，都是
第一天
還有，我今天傍晚恢復
登基隆山，今天也是我的
第一天……

（2024.01.01／07：20九份半半樓）

小心，牠不是枯葉

蝴蝶，通常
牠們都很會打扮
比一般女生，還要美
牠們在穿著上，
都會特別講究
或說，天生的
一生，就要打扮得
很高雅很華麗，或應該說
就是要漂漂亮亮……

我一直都這樣，認為
牠們和我所看到的，
各式各樣的花
一樣，各有各的美
牠們一輩子都是
應該要這樣，我喜歡
牠們也正因為
天生都是這樣……

不過，牠們休息或睡覺，
可就不一樣；
你看到的，就是這樣
你會不小心，看走了眼嗎
以為是一片落葉？
請小心，牠絕對不是
乾枯的落葉

（2024.01.02／21：07九份半半樓）

冷，是今天的事

冷，是今天的事
窗內窗外
兩個世界；其實還是同一個，
人間事，事事同理
有心無心
想想，都是同一個

冷，是今天的事
有風有雨有霧，
風是有聲的，呼號
雨沒很大
也沒停過，
窗外的樹，都在發抖
能躲，應該都得躲
不能躲的，想想
不知它們
牠們他們她們
都會怎麼想……

山城，九份
半半樓窗前
此刻，灰灰濛濛瀰漫
一層厚重天幕的舞臺，
將要上演什麼？
和夜半二點多時對照，
夜是寧靜的，不同情境
我，還能看到

遠方的港灣，深澳漁港
璀璨珠寶密佈的燈光，
能在屋裡溫暖窩著，是幸運的
人間，天大幸福……

（2024.01.03／10：30九份半半樓）

夜已降臨，我在

我不知道，我在等誰
我在等已經過去的
業已消逝的，時間；

多少已消失的
時間，都在等候中
我在等；沒有過去和現在，
只有現在的未來，
我耐心等候，等這輩子的
未來；

我在等，如同等候
一朵花的綻放
等一個，心愛的人
她已經去過共同約定的
未來；還在等候中……

（2024.01.03／19：21九份半半樓）

鴿子是善良的

好心沒好報，希望好心
會有好報；

二〇二四年開始，
總是充滿希望，
不分大小，有希望就好
都好，多多的好

鴿子是善良的，不爭不吵
在自由廣場，晃來晃去
有吃沒吃都好，晃來晃去
和平就好

今天好，明天好
天天都好，多好……

（2024.01.03／21：24九份半半樓）

鴿子的今天明天

自由和平，不是你決定的；
鴿子希望
自由和平，都能自己決定。

憑良心和良知，鴿子喜歡
在自由廣場上，
能名正言順的
自由自在，晃頭晃腦
不傷腦筋

我每走過自由廣場，
都會想，如果能夠
有機會撿到
鴿子的羽毛，不分灰黑或白
我都喜歡
撿回家；我要用它寫詩，
寫愛與和平；
寫我愛世人的詩……

（2024.01.03／21：53九份半半樓）

山海，我心中有太陽

海是海
山是山
天空是天空
祂們都相安無事
我也沒事
平安就好

今天一早
天空已經露出
粉紅的臉頰
我知道我看不到的
東方的那一邊
肯定的是
太陽已經升起
笑瞇瞇的醒來
我相信昨晚
祂一定睡得好好
可說一覺到天明
是我最最羨慕的

不過我還是要感謝祂
祂是
太陽
祂把祂的光和熱
和我分享
你也分享
所有的人也都在分享

這是我要說的
謝天謝地的心裡話

是的真的
不管我有多笨多倒楣
只要我心中有
太陽
不論風雨
風風雨雨
我時時都會很快樂
我天天都會很快樂

（2024.01.05／06：56九份半半樓）

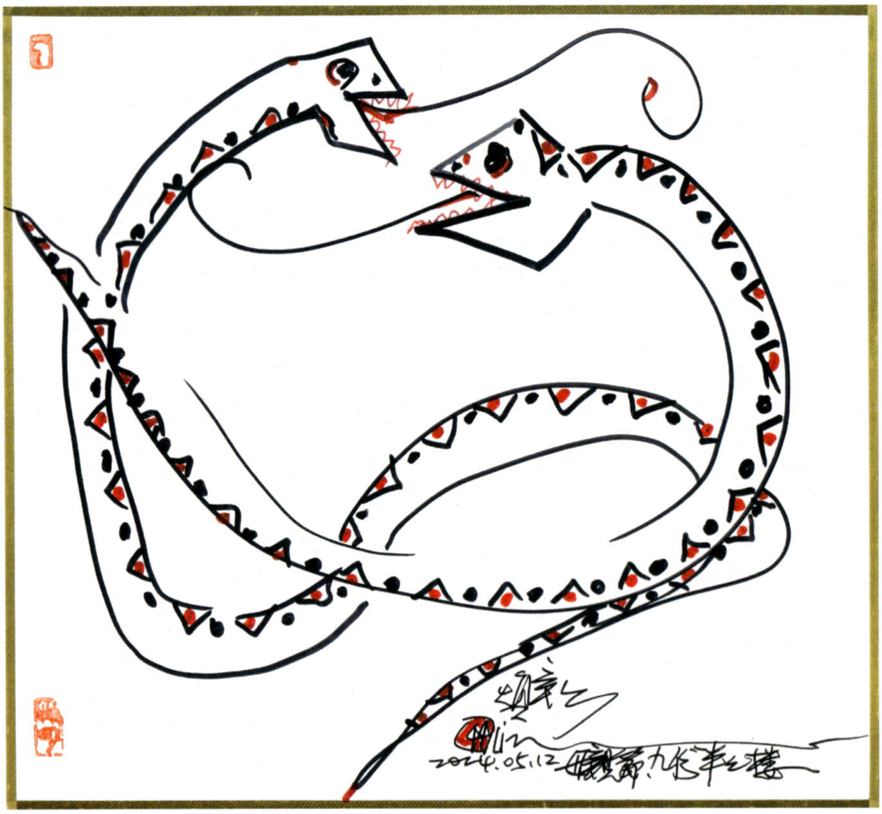

山城五星級的巷弄

每一片落葉，都是五星的
我踩著五星級的
山城的巷弄，回到我小小的
半半樓；
條條道路，都通羅馬
條條巷弄，在山城
都通到我
一個人的家，小小的半半樓……

你知道，你看到了嗎
我走的是
山城五星級的巷弄，我知道
我會小心，小小心
一步一步，都不會有腳印
我是很不好意思的，
不敢任意濺踏；我也會，
小小心的照顧好自己，
安全第一
下雨，是常有的
在山城，下雨路滑
青苔已厚，佈滿
它們都已預先替我，繡好了
山坡巷弄，兩邊牆壁
綠化了我前進的道路

回家，回家真好
回到山城裡一個人的家，

我不必去湊熱鬧，
走人擠人的老街；我習慣，
一個人的日子，一個人的人生
我不怕孤單
有詩就好，有天地
大自然更好……

（2024.01.06／04：52研究苑）

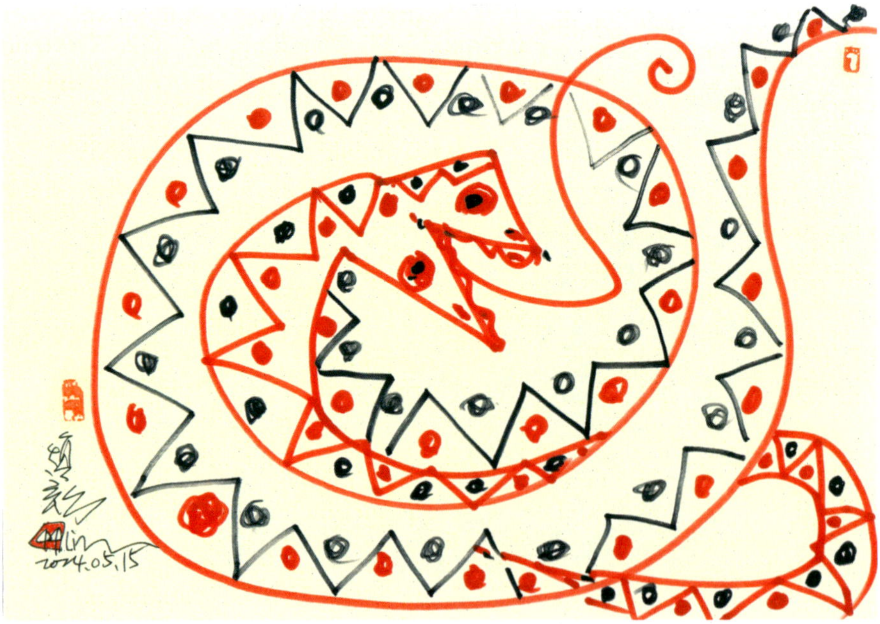

有詩，不會挨餓

詩流浪，我在路上
不是今天才開始，
明天，會更好；
寫詩，我在路上
我的詩，就在路上
一路跟著我，
一起流浪……

是的，我流浪
我在路上
我的詩，它也緊跟著我
一起在路上；
有沒有飯吃，不是很重要
我沒有飯吃，有詩
就不怕挨餓……

我，不會騙我自己
是的，我不餓
我可以字字咀嚼，句句咀嚼；
只要我把詩寫好
我就算吃飽了；
不會挨餓……

（2024.01.07／12：07捷運板南線將到國父紀念館站）

舞臺，不能只給一個人

舞臺要面對觀眾
不能只給一個人唱獨角戲
一個人唱久了唱累了
觀眾也會累
也會跑掉

戲要不斷創新
演員要不斷換人
主角也同樣
不能每一齣戲都由他來演……

（2024.01.08／09：13九份半半樓）

冬天，溼冷的世界

冬天冷嗎
在東北角
在基隆山上
有強大的東北季風

冷嗎冬天
看樣子就知道
看瘦瘦長長的脖子
看菅芒高高低低
看他們在強風中
都拼命拉長了細瘦的脖子

是的冬天
是冰冷的
看山看海
看冰冰冷冷的天空
灰灰濛濛的
失溫的世界

（2024.01.08／23：40九份半半樓）

我過我的冬天
——為街民發聲

這冬天有夠吵
幾個自以為是的小丑
他們都在演戲
每一個都自以為他可以給我們什麼
我三餐都沒得吃
我只能睡在地下道
最好是火車站
得早早去佔位置
太早不行
太晚又沒了
我能站著睡嗎
我曾經試過
我只能整夜都睜開眼睛睡
你看過嗎
有哪種動物可以睜開眼睛睡
我就這樣睡過了
比任何一個偉人還要偉大
他們的銅像大概就是和我一樣
我在臺北火車站
我就這樣睡著了
我應該感謝員警
他們都回家睡覺了
我才能安安穩穩
站著睡覺

（2024.01.09／11：09九份半半樓）

冷過了，台灣要正好

櫻花開了！冷夠了
冷過了，
台灣要正好；

昨日傍晚，我完成第一百一十次
登基隆山；最重要的是
我發現了一棵早開的櫻花，
她要告訴我什麼？

走走停停，似乎要告訴我
我不可以告訴別人；
她開她的，我什麼都不必操心
選舉嘛，大家都會有想法
有好有壞，好的我不知道
壞的，大家都要承擔

再過四年，忽冷忽熱的冬天
再過，迷迷濛濛的明天
你要哭了嗎，
你也無話可說；有話你也難說！
他牠，牠們
牠們才不管你死活，
能騙就騙，能撈就撈
不騙不撈，那就是天下大傻瓜
牠們，就是牠們
我不願意說他們，牠們不是人……

（2024.01.09／21：22九份半半樓）

春天，我要去找妳

冷，冷都冷過了
冷夠了會再更冷嗎？

我，已經足足冷凍過了，
南方也會有一個嚴冬；
冰冰冷冷的冬天，
我是躲在一棵沒人能看到的
百年榕樹上，它的窟窿裡；
我是的確是，已經想了妳
想過了一個冬天

其實，我從夏天就開始
想妳，想過了一個秋天；還好，
秋天，她對我還是不錯的
她也能對我好好，
我都還能在她的肩上，頭上
跳上跳下
跳來跳去，我就會
暫時把妳給忘了

還好，冬天一來
我又快快的想起妳了
想妳，還是常常
越想就越想了
越想就越冷了
還不停的顫抖……

我，我是誰呀！
我自己都忘了我自己
我是一隻孤單的什麼鳥兒，
我自己是誰呀？
我是哪一種鳥？
我怎會是這樣，自己都不知道
自己是一種什麼鳥？
春天，我要去找妳

春天呀！
我是南方的一隻鳥兒，
春天，我確定
我要去找妳……

（2024.01.11／09：08研究苑）

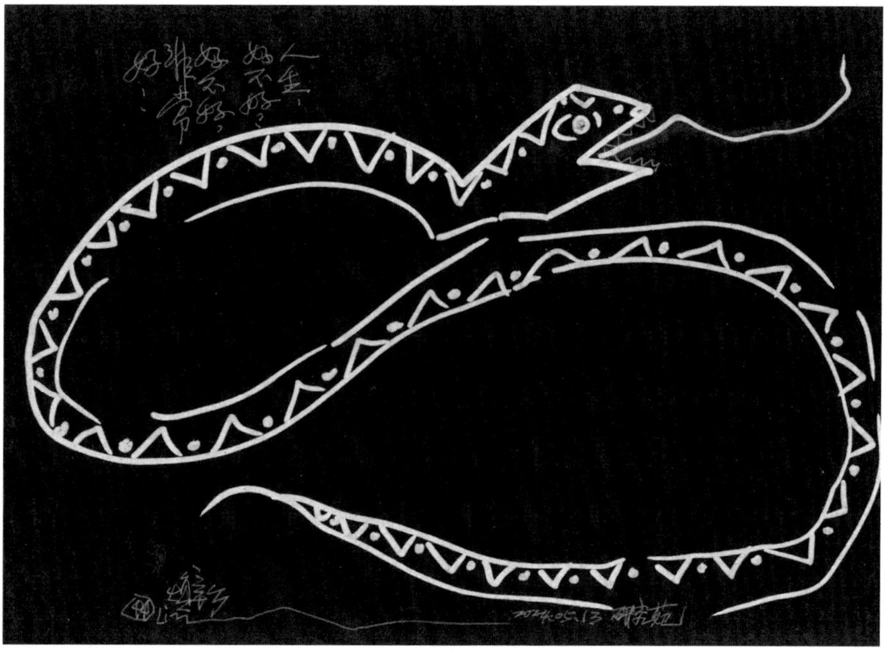

今天，是晴天
——我是寫詩的，我反戰

今天，是晴天。
晴天的定義是
有太陽，有陽光
什麼都好；
我可以看到，比想像的更遠
遠到我看到了——
金山萬里
再遠，就是天空
天空，空空
說是什麼都沒有，
不是什麼都沒有；
有山有海，
有天空，就是什麼都有了

天，是藍藍的
純藍的藍
藍藍的一種，純藍
一種天生的純潔
近處，是深澳漁港
有魚，不必懷疑
人人都知道，我們的近海
我們的東北角，我們還有
永恆的和平島；

我們，不需要戰爭
我們，需要和平

我們，可以向全世界
宣佈，大聲說
我們拒絕戰爭！

我們是純潔的
聖地，福爾摩沙
我們是神聖的，不需要
任何國家來販賣軍火；
什麼砲彈飛彈地雷
我們都拒絕，
汙染和破壞，我們
是神聖的寶島，
我們，和任何國家
任何地域，
不分藍綠，不分紅黃黑白
或灰或紫，都好
可以五花八門，
在我們島上
展顏歡笑，無分四季
春夏秋冬，日日盛開……

（2024.01.13／07：33九份半半樓）

夢，我用睡眠養牠

夢，是一隻怪獸嗎？
我從未見過，可我
又必須要有牠
我要養牠；是我的責任嗎？
我要怎麼養？
拿牠當寵物養？

寵物，很多人都在養
可以獲得很多好處，
最少，我想
我應該想像
牠就是屬於療癒之獸吧！
那要養就養……

現代人，不分男女
好像是
很多人都愛養，各式各樣的
寵物；好像每個人
都有需要
每個人，都莫名其妙
有很多問題；
我說，是簡單的說
都是屬於精神上的問題；
在我看來，也不算什麼
嚴重的毛病，
最少，不像癌症
不要做化療，不必住院

還可以到處亂跑，亂跳
嘻嘻哈哈
在街上，在公園，
在公車，在捷運，在地鐵
在飛機上……

哇！到處都會有，
我就養吧
用睡眠養牠，可以分段
讓牠細細咬我，
細細咀嚼，慢慢品嘗……

（2024.01.13／12：52區間車快到南港，我回來投票）

寫詩養夢

夢，的確是一隻怪獸
我沒見過牠，
我當然不知道牠像什麼？
可我一點兒，也不害怕
牠什麼時候要來，
我都不會拒絕；
總之，牠來
我都會用睡眠養牠，
這已經是
早早久久，已經養成習慣
我是不能拒絕牠；
還好
牠來，牠吃過了就沒事
我也沒事，
我們都相安無事……

（2024.01.15／08：25九份半半樓）

我的窗口

什麼才算大？
我的窗口
算不算，自己算

雲來霧來風來雨來
我都接受
逆來順受
甚至也都表示歡迎
……

我的窗口，它是
有修養有度量
有容乃大；
我不知道，那有都大

反正，它有
有山有海有天空
一定夠大，
再大就只有整個
宇宙，才算大

在我眼裡
在我心裡
有山有海有天空
有我，可以想想的
那就夠大了……

（2024.01.15／09：00九份半半樓）

請問你，我藏在哪裡

好玩嗎
我不是在玩躲貓貓
這是事實
這也是現實

命嗎命也
我沒有怨恨
我向來都逆來順受
誰叫我只是
一棵普通的榕樹
很不起眼的
你看看就好
你不看也好
看了也請別為我難過

人間事
很多事
事事都是
不到處都這樣嗎
有形無形又無聲的
被捆綁著

請你看看就好
我只是一棵
無用的
不值錢的
路邊樹……

（2024.01.15／13：15九份半半樓）

蟬，一個夏天就夠了

寫詩，養詩
也養自己；

蟬，只喝露水
就可以
我也，應該學學牠
只要叫叫就好
只要一個夏天；

一生，不用太長
不必占人家的
世界，也不用沾人家的光

能叫叫就好，
如果能讓人家
覺得好聽，有好處
多叫幾聲就好

一個夏天，就夠了
叫叫就過了……

（2024.01.16／09：31研究苑）

卷二

蝶與蛾

蝶，作蝶；蛾，作蛾！顛三倒四也……

蝶與蛾

蝶，不蝶
非蝶
其實，我要說的
是蝶
蝴蝶的蝶；
蛾，顛三倒四
非蛾也
是飛蛾；我希望
我自己，
不要成為
飛蛾撲火……

蝶與蛾，你說
蝶美
蛾美
我說
蝶美
蛾也美
蝶，飛入花中
蛾，撲入火裡
蝶與蛾，非蛾非蝶
有不可想像也！

（2024.01.17／02：52研究苑）

是與非

是是非非
是與非
人間事，世間事
非與是
非非是是

世間事，人間事
是是非非
事事非非
誰說的是
誰說的非

今是昨非
或昨非今是
我常常想
昨是今非
今是昨非
想想，都不必想
是與非

（2024.01.17／03：21研究苑）

人人都有，很公平

人人都有一張嘴
一個鼻子兩個鼻孔
兩個眼睛
一對眉毛
兩個耳朵
都長在臉上
很公平

一張嘴少說話
一個鼻子兩個鼻孔
要多呼吸
兩個眼睛
要多看
兩個耳朵
要多聽
一對眉毛要做什麼
如果你沒事做
就當它們是一對翅膀
想一想動動腦筋
你的思想
可能就會飛起來
別人看不到的……

（2024.01.18／13：46九份半半樓）

正常的，天地都要睡覺

天亮了
我看到
天和地
睜開眼睛
是一天的開始

天暗了
我看到
天和地
閉上眼睛
祂們要睡覺

睡覺
是正常的
人也一樣
一樣
就是正常

晚上
我要睡覺
我也一樣
是正常的

（2024.01.19／09：07九份半半樓）

醒來，我和自己對話
——我想想，我是無用的；你呢？

醒來，我和自己對話
什麼叫作醒來，
你昨晚睡了嗎？
沒有睡，就沒有醒
或說，我一直都醒著
我會好好的醒著……

天地人間
什麼事，是你的事
我想想，我在想
我正在好好的想；

你能想什麼
什麼事，什麼是你能想的
你該想，你可以想你會想的
你想到了什麼？
我想想寫寫而已！

今天，我想了
剛剛，我想了……

（2024.01.19／09：56九份半半樓）

挖挖挖，挖到自己的心

人是卑微的
我是卑微的
我向我自己的內心挖

我不是金礦
我不是銀礦
我也不是煤礦
我只在挖我自己
一顆跳動的心

挖挖挖
痛不痛
怕不怕
我不怕挖到血淋淋紅通通的心
我什麼都不怕

我知道我自己
我是卑微的
我挖我自己
我天天在挖
我日夜在挖
直到有一天
我不知道
會是哪一天
……

（2024.01.20／07：24研究苑）

家在路上

很奇妙
家是一個字
和我一樣
我也是一個字
我在路上
家也在路上

一個人的家
很簡單
你在它就在
你在哪兒
家就在那兒
不會孤單

孤單的是
孤單它自己
家和我
我和家
我們都在路上
我們
都不孤單

（2024.01.20／12：17在區間車上，
回礁溪老家途中，快到牡丹……）

春天，春天有春天的事

春天，愛美
誰不愛美？
愛美的春天，就會有
她愛美的很多的事，
是天天都要忙，忙她
春天的事……

我常常想，春天
春天，有她春天的事
她告訴我
你想我，你要
先在你自己的心裡，
想我，告訴我……

我說，我知道
我瞭解
我會常常在自己的心裡，
想妳，又偷偷的告訴妳
春天，我好想妳
好想妳
好想看到妳，穿著美美的
百花花的，花衣裳……

（2024.01.22／07：25九份半半樓）

大寒，冷冷冷冷

路邊樹，不是路邊樹
冷冷，大寒
冷冷冷冷
街頭遊民，冷冷冷冷
都冷在心裡，
得把自己包好，好好包好……

鼻子脖子嘴巴，都不見了
還有什麼不見？
最好少說話，
眼睛，睜一眼閉一眼
頭包圍巾帽子都出現了；
就讓它們，好好好好保護你……

（2024.01.23／06：06研究苑）

老了嗎，我見過的
——登基隆山，第一百二十三次

我看到的，
我想到的，
誰的臉呀！
我見過的，我記不起來了
你是誰？
太多了，這樣的臉
路上街上街角
你沒看到的，
我見過的，到處都有
包括我自己，
照照鏡子
我不就是也有這樣的
一張臉嗎？
不是因為
年紀大了，老了
是為什麼？
昨晚夜裡，冷過凍過了嗎？
昨天的昨天的昨天，挨餓過
現在，當然還是冷還是餓
應該說，更冷更餓呀
你說，我老了嗎
老了就應該是
要這樣嗎？
？？？？？？……

（2024.01.23／07：24研究苑）

春天，屬於我們的

春天，屬於我們的
我們有
屬於我們的春天；

屬於我們的春天，
有獨特的美
最美的跪姿，我們不會帶走；
我們要
虔誠膜拜，千古不變……

春天，我們珍惜
我們的春天
我們有我們的，屬於我們的
繆思和維納斯，我們的
千古不變的，最美的
屬於我們的，真正的
獨特的跪姿……

（2024.01.27／19：29九份半半樓）

窗外，我有一片天空

窗外，我有一片天空
等我寫詩，
寫灰灰濛濛，有很重的水分
天空之外，
有山有海，是現成的
不是我寫的；
鳥，還沒出現
還在睡覺，要有
我可借牠們
作為標點符號，
也不一定要有，可有可無
我也常常省略，無用
無傷大雅
最重要的，還是
我要寫什麼
我能寫什麼
可能什麼都不會，也可能
什麼都不是，很重要
今天，當今
世事，事事都不是你
可以管得了的事，到處
有詐騙，到處
有人殺人，到處
有戰爭，有國打國
也有狗咬狗……

今天，我能寫什麼
我寫在我窗外的
寫在天空的詩，灰灰濛濛的
詩，不成為詩
散文，不成為散文
勉強可說，只是我自己的
心裡的，一些些痛
一些些憂傷……

（2024.01.28／07：55九份半半樓）

無字，我寫我的詩

無字，也能成詩
不用懷疑
我自己知道，詩有詩之道
我寫我的，無字之詩
我也讀我自己的，無字之詩……

天空，沒有文字
我可以很肯定的，告訴你
我已經在天空寫了
滿滿的詩；
我心裡是沒有文字的，
我也可以肯定的，告訴你
我已經在我自己心裡，寫了
很多很多
好詩和壞詩；

我寫的，好詩和壞詩
只有我自己，能分辨清楚；
哪些是好的，哪些是壞的
好壞我都寫，我時時都在寫
寫我心中的喜怒哀樂；
太多太多了，我心放不下
我只好改放在天空，
天空滿滿，都是我寫的詩；

天陰，天晴
颳風，下雨

親愛的，日和夜
天空，所有的
你看得到的，就是都是
我寫的詩……

（2024.01.29／07：16九份半半樓）

春天要來的儀式

天下的好事，要來
都會有一定的儀式；

在黃金山城，我看到的
春天要來，不來的
屬於她的
專有獨特的儀式

春天，不是要來就來；
她要來，她總會要求
要有一定的儀式，
很多外國賓客，早都來了
擠來擠去，她還要要求
天要冷，要溼
要冷冷溼溼的
真正的冷透！

冷，還一定要夠冷
冷過了，還要
櫻花先開
櫻花開了，還不只是
一棵二棵，一朵兩朵
你一定都會看過；
她還會要求
所有山城裡的櫻花，都要一起
——開了，
我們才能看得到她，看著她

不知在哪裡

這時候，春天
她還是會故意的
躲在瀰漫的濃霧中，
扭扭捏捏，要姍姍來遲
要來不來，是屬於她的
那種堅持——

每年都是要這樣，
一定要這樣
要有不同的，不一樣的
不簡單的，真正屬於她的
這就是，春天的
她要來的
專屬的儀式！

（2024.01.30／06：56九份半半樓）

春天，我沒見過

春天，美不美
我沒見過
我看到花開，我肯定
春天一定是美美的……

春天，會不會唱歌
我沒聽過
我聽過鳥兒唱歌，我認為
春天也一定會唱
好好聽的兒歌……

春天，可不可愛
我沒看過，我只看到
我姊姊我妹妹，都很可愛
我認為
春天也一定是，和我
姊姊妹妹
一樣樣，甜甜美美……

（2024.02.03／13：16南港站）

我在等，好好笑的春天

好好笑的
春天，還沒到
她會穿著短褲
超短的短褲
露出肚臍眼，就會在
你眼前出現，
好好笑；
印象中，我看過的
春天，她是個美女
賢淑端莊
妙齡可愛的美少女，
她的打扮，常常是
應該是
穿著短裙，
短褲就留給夏天！
夏天，本來就是
應該是
帥帥的少年……

短裙和短褲，
有什麼樣的區別？
不要裸露，
露出三點
這世代，有太多流感
動不動，就流出來
恐嚇你
該死不死的，做弄人間；

我認為，春天就是春天
春天就是美好的女生，
穿著短褲，是屬於男生的
春天，還是女生

我不知道，今年
為什麼
我超愛，還沒到來的
春天；屬於女生的春天，
美美的，為什麼
穿著短褲
又要穿著短短的，
超短的，等於沒穿的
穿短裙的春天……

（2024.02.04／00：44九份半半樓）

時間喜歡向前走

時間喜歡向前走
永遠都在向前走
更準確的說
我喜歡說他是向前跑
也可以說是向前飛

我請他留下來
和我一起讀詩
一起寫詩
他都不理我
我只好自己摸摸鼻子
自己默默的寫
寫自己的詩

詩不詩
好不好
我都已無所謂
詩詩詩
天天寫
可能有一天
我就會寫出
真正的好詩

（2024.02.05／12：42九份半半樓）

山城有霧，有濃霧

太冷，山城太冷
有霧，有濃霧
我常常賴床
有樣學樣；
天地也習慣，喜歡賴床……

今天，又賴床了
不只我一個
已經是六點多了，
祂們也都
還沒睜開眼睛，
我自己，只好
睜開眼睛，看看
祂們還是，賴在床上

不早了，已經是
七點了……

（2024.02.07／07：01九份半半樓）

變調的春天和夏天

變調的，時代在變
在我印象中
春天是個妙女郎，
她的打扮
總是穿著短裙，超短的
短短的；
短褲就要留給夏天，
夏天是個少年郎……

短裙和短褲，有什麼差別
我總認為，短褲是
屬於男生的
女生應該穿短裙；
我就是想不通，
現在的春天，為什麼
她也要，
搶著穿短褲！

（2024.02.08／08：54研究苑）

卷三

春天要穿什麼樣的衣服

從她走後，我就開始，乖乖的想她……

春天要穿什麼樣的衣服

春天，要和我見面
她會穿什麼樣的衣服？
從去年夏天的，第一天之後
春天就跟我約好，
明年還要相見！

她說的，我都會
信以為真
年年都是這樣，
從她走後的第一天，
我就乖乖的，開始想她
開始等她；再見時，
她會穿什麼樣的衣服？

這樣的想，這樣的等
是很辛苦的，很熬人的
是很磨人的苦；
我都甘願這樣，天天想她
夜夜等她……

春天，今年龍年
她要穿什麼樣的衣服？
是披披掛掛嗎
還是破破爛爛？
是故意裝扮的，那種
破破爛爛？

（2024.02.08／09：53研究苑）

春天會長什麼樣

有陽光，愛笑的
櫻花的紅
你看過嗎？

春天，會長什麼樣
櫻花的紅
她就是我的春天，
春天就是那樣，這樣；

冷不冷，她都不怕
再冷，她就會
自動鑽進我心窩裡，
偷偷和我說悄悄話；
這就是春天，
我看到的好樣

有陽光，美美紅紅的
櫻花，那種愛笑的模樣
是我十分疼愛的，
春天的好樣……

（2024.02.08／13：34南港站）

春天愛美

春天，我在找
她的小腳印
從小，我就認識她
喜歡和她
一起在草地上打滾兒，
一起捉迷藏……

春天，她是一個
可愛的小女孩，
喜歡打著赤腳，在草地上
蹦蹦跳跳，
把小腳印藏起來，
讓我到處找……

春天，她愛乾淨
她不喜歡走泥濘的小路，
我知道，她愛乾淨
當然就更愛美，
希望天天都打扮得
美美的，最好是
所有的花兒
都長在她身上……

春天，愛美
你該看得到吧！
哪有春天不開花？
她總是喜歡，穿著

每件衣服，
每件裙子，都要有花；
紅花兒，白花兒，黃花兒
越多越好，
越多越美，
越多越香……

（2024.02.11／01：10研究苑）

雨天，窗玻璃都在流淚

冷嗎，才剛下雨
整座山城都在哭，
窗玻璃都在流淚，
淅瀝嘩啦
我都無法安慰他們！

哭就哭吧！
誰叫誰都那麼愛哭？
其實，誰也沒有辦法
都是天做主，大家都要
聽祂；
祂在天上，祂不知人間疾苦
有家有屋躲著的，
就是幸福
城裡有很多，露宿街頭的
一天二十四小時，
他們的時間，會比別人還多還長嗎
如果是不冷的話，
一天的時間
比別人加倍，應該說是好的
可是，冷呀凍呀
冷颼颼，會發抖呀

你度過嗎？
你喜歡嗎？
你能睡嗎？
日子，好長呀！

夜，好長呀！
命會更短呀！
山城裡的老街，
比冷凍庫裡的冰，
還要冷呀……

（2024.02.16／09：28九份半半樓）

刺蝟說，我們好可憐

這世界，越來越特別
我不能說，越來越不好
這世界，越來越壞
越來越糟糕；詐騙販毒
處處都有，
有眼睛，都看不到！

越來越多
詐騙集團和毒販，
睜大眼睛，還是看不到！
請大家都要好好
告訴大家，好好
照顧自己……

刺蝟，牠們還說
我們最可憐，我們是
真正的少數民族，
個子又是
小小的，為了保護自己
我們只好
全身都長刺，沒有人要和我們
做朋友……

（2024.02.18／10：23研究苑）

附註：一九九〇年八月下旬，我在丹麥福恩島奧登塞、安徒生的故鄉漫步，意外看到平生只這麼一次，一隻刺蝟；可惜牠已經死了，死在路邊……

億萬年心中凝結的痛
——昨晚澈夜難眠，悼念一段
不見蹤影的鐘乳石……

鐘乳，一滴一滴
在地底裡，
億萬年之後
它才修煉凝結成石；

你懂嗎？
每一滴淚，每一滴乳水
都是大地之母，淬取
生命之血的過程；

你，嫌它醜嗎
請不要嫌它，
它在我心中
無聲吶喊，呼號
我知道
那也是我，億萬年心中
凝結的痛！

（2024.03.10／14：01捷運板南線，
過忠孝復興站，我要去善導寺）

如是，做一個好人

照顧好自己，
做一個好人
不是處處要，討好別人
健康，第一；

在寂靜山區，
我內心裡
是極靜的；每天
清晨醒來，
第一個，我要問安的
絕對是我自己；
我在我自己心中，
我的地位
至高無上，
絕對第一

首先，我會告訴我自己
要開心，要快樂
接著，就會給自己
一杯麥片
加奶粉加黑芝麻，
如果還有，再加
二合一咖啡

如是，無是無非
照顧好自己，
問心無愧……

（2024.03.11／08：12研究苑）

詩，可以用腳印來寫

春天來了
花兒都知道
蝴蝶也知道
蜥蜴也知道
還有誰不知道

在很深很深的
地底裡的
穿山甲牠也知道
土撥鼠也知道
我也應該
都要知道

我知道了
春天來了
我應該每天
都要走出去
用我的腳印寫詩
寫花花草草的詩
寫大地的詩

（2024.03.14／09：12九份半半樓）

邪，斜斜斜

——蟬，為蟬伸冤

邪，斜斜斜
邪邪邪，斜
邪，斜斜斜

是我聽錯了嗎
蟬，一爬出地面
在樹上，
一開始，就斜斜斜
邪邪邪
邪邪邪，斜斜斜
掛著
叫個不停……

真的，是的
是我聽錯了嗎
還是牠們，真正的
有什麼
天大地大的冤屈？

為什麼，牠們
自古，代代都要
被關在地牢裡，
不見天
不見日

斜斜斜，還是

邪邪邪

還是，邪邪邪……

（2024.03.16／06：46在礁溪故鄉堂侄子家）

地面上的好朋友

不是前方有戰爭
前面有紅綠燈
看清楚再走
向前走
安全第一

走路向前走
還得東張西望
我向八哥學習
我會向地面看一看
安全第一

我走過
我每天都會走過
他一直是伸長脖子
在看我
提醒我
安全第一

（2024.03.20／07：30九份半半樓）

春天，花落在步道上

春天，花開花落
每一朵我都會
當她們是一首詩；

寫詩，我在行走
在登山步道上，
我看到她們
地上的落花，我都不敢
踩到她們；

看到地上的花，我會微笑的
和她們打招呼，
她們也會
微笑的，默默跟我
眨眨眼睛
還會告訴我說，沒關係
該落就落了，
開都開過了，
美都美過了……

明年，春天
我們都還會再開，
我們都還會，開得更美
笑得更甜……

（2024.03.20／16：35九份半半樓）

月亮是一盞燈

安靜的時刻，
該有多安靜
只有我自己知道，
也只有我，自己的內心
才知道

凌晨三點多的時刻，
算不算
安靜的時刻，我覺得
很安靜；
所有的聲音，都睡著了

為什麼，我還要醒來
月亮，她在我
半半樓的窗外
點一盞燈；
她知道，我知道
我們都不用睡覺

這是最安靜的時刻，我們
誰也不會吵到誰；
我寫詩，月亮也寫詩
月亮，她就是最美的
我寫的詩……

（2024.03.21／07：31九份半半樓）

牠，他的名字呢

牠，他的名字呢
我叫不出來
很抱歉；
它是一棵白千層……

是的。更抱歉的是
我應該稱他
他，不是牠
牠是有人性的，
比人還要善良；

我喜歡牠，
牠不是野獸
牠照顧行人，
牠站在路邊
很辛苦；

因此，所以
我拍下牠的側面，
可鑄成紀念幣；
我喜歡牠，
我不會用來買東西……

（2024.03.21／09：27九份半半樓）

樹的裸體

對不起
樹的裸體
我只看到
她和他的
下半身

對不起
樹的裸體
不是我愛
亂看亂瞄
我只是路過
普通的路過
不是刻意的
正好我看到

對不起
我已經說過三次
樹的裸體
我不知道
她和他是誰
反正現在
這個世代
故意要穿破衣服的
沒穿衣服的
越來越多
到處都會有

（2024.03.23／22：14九份半半樓）

窗外的詩鳥

一隻孤單的鳥，
飛過
牠是我的詩鳥；

單飛的
我不會在意，有時
我還會拿牠
當刪節號，
還是很有用；

更多的時候，
飛過的詩鳥
飛過就飛過，
要說的話，不必全部
都說出來；

牠，就是我的詩鳥
要說的話
就讓牠自己說……

（2024.03.24／07：51登基隆山想到的）

有些問題是什麼問題

冬天，我走過
很多樹葉都掉下來；
它們都問我，為什麼
我們都要掉下來

我不知道，怎麼跟它們解釋
如果我是風，我就可以
和它們玩一下下
大風吹，吹一吹
讓樹葉們都
開開心心，飛了起來
忘掉，掉在地上
被人任意踐踏的痛！

花，是不是
都是屬於春天的？
春天，是不是
也都是
屬於酢醬草的？
屬於酢醬草的，
是不是，也都是
特別的甜美？

我不知道，這些問題
該不該，是不是都是
問題的問題的？
有很多事，

我沒有辦法回答！

是的，是不是的
一直都是
問題的問題的；
問題的問題……

（2024.03.24／21：31研究苑）

如果有一朵雲

如果，要說如果的時候
我不知道，我該說些什麼
我總是會，自言自語的說：
我是真的，真心的
要做一個人
正正當當的，
不必懷疑，也不必後悔；
那朵雲，我看著她
很久很久，
是一直在變的；為什麼
要變？
我說，如果回到了
之前的
每一個時刻，她會
乖乖的
停在原來的，那個位子嗎
我還可以再說，如果的
如果嗎？我還可以再說，
我是，如果是
我是那朵雲嗎……

（2024.03.26／20：40九份半半樓）

你說我說我們一起說

大地要養誰，該養誰
花花草草，都是
我們都是
大地生養的……

白色，純真素樸
善良
六片的小花瓣，它們
圍繞著一個
小太陽，
也同時圍繞著，一個
小月亮；

它們，叫咸豐草
也叫昭和草
咸豐，在前
昭和，在後
咸豐，是一個年代
昭和，也是一個年代
它們，都是我們先民
走過來的年代……

是的，他們艱辛走過來
就等於永遠存在；
白色的小花，
代表兩個
不同的年代；

我的祖先，遷台的第一代
是咸豐年代，屬於
前任；
你是昭和的嗎？
你的祖先，或許就是
要算昭和的，我們也都是
福爾摩莎的子民，
都生長在
寶島之上；要珍惜的
珍貴的，台灣的
大地之上……

（2024.04.01／04：54清明前夕研究苑）

四月，我將遠行

四月，才剛到
我就要和她道別，
八哥的叮嚀，我知道

我知道，我不應該這樣
我要遠行，
去一個小小的
國家；她叫汶萊，
我知道
她就是一個，可愛的王國；
可以自由自在，
我不懂她的語言，
也不用害怕

四月，本來就是
我最喜愛的月分，我會送給她
一朵我最喜愛的花，
叫野薑花；
我習慣說她
野啊花，就是
蝴蝶花，
最純白的
我從小就喜歡她，
清香，潔淨無比
找不到第二的，
她是唯一；我童年，
有了她，我就什麼都有了

四月，我要遠行
我說過，又一再的說
請你不要嫌我，
我不是故意的，我是
真心的；
我要和她道別，就依依不捨

是的，路上我會小心
左看右看；我會
牢牢記住，
八哥跟我說過的，
無論去到哪兒，
安全第一……

（2024.04.01／12：57區間車將到瑞芳）

附註：野薑花，閩南語「野啊花」，即「蝴蝶花」。

一條街，還會記得我嗎

一條街，我曾經走過
重不重要；我突然想起，
臺北的，不是臺北
我要說的是，是我生命中的
曾經走過的一條街
到底它有什麼樣的意義，
你沒有記得它，它更不會記得你；
五十年，六十年
來來去去
何止你一個人……

是的，一條街
德惠街
五十年前，六十前
五十年後，六十年後
它還會是一條街，街名應該不會變
我走過的，那個年代
為什麼我走過
五十年，六十年了
都不曾再走
哪天，我想到了
我應該再去走走；
我能再碰到了一個什麼樣的我，
五十年六十年，都不變的
會是我嗎，
德惠街……

（2024.04.01／22：36九份半半樓）

附註：詩寫無聊，也寫回憶；突然想起，也無妨寫寫；我想到了五十多年前寫的一首詩〈德惠街的下午〉，此作寫於1970.05.，收入第三本詩集《歷程》（1972.09.／林白出版）；當時越戰，美軍來台渡假、常進出臺北中山北路五條通一帶，算是最繁榮地段，年輕時我抒發一些反戰的不滿的情緒……

卷四

夜，不會跟你翻臉

睡吧！睡吧！給自己一首詩……

夜，不會跟你翻臉

睡吧，睡吧
我給自己一首詩；
晚安。我是有規矩的，
不會亂來……

我喜歡睡覺時關燈，
夜，她不會跟我翻臉
她，也許可能還會看得
更清楚，有誰還沒乖乖
睡覺……

熄燈之後，再黑再暗的地方
我也都可以看到；更重要的是
我就可以，一下擁有了
我看得到的，所有
發光發亮的珠寶
鑽石，不用吹灰之力
都會是全屬於我的，
也不用請保全
就可安心睡著，一覺天亮

睡吧，睡吧
晚安
天天都要，好好的睡吧！
晚安……

（2024.04.10／08：09九份半半樓）

詩，到夜晚越晚

詩到夜晚，越晚
她們都會
愛搞迷糊；自動成為了
地上的星星
她們就是愛玩，好玩
都不用擔心；反正搞詐騙，搞破壞
她們都不會
只會自動聯想，自找出路
無路可通時，也都會自己通
一個晚上，她們就可以自動化
找自己要寫的詩
通不通，是你家的事
她，不一定都要你通
你可以，自由聯想
不想也行
放下都行；她就是，
要你笨笨的，
什麼都行；你知道吧！
她會暗示說：
不是都是，詩就是
地上的小星星，
她們就是昨天晚上，我不睡覺時
在山城，我看到了
什麼都是…….

（2024.04.11／04：44九份半半樓）

山城，有璀璨的太陽

早安。祝福

今天，山城裡的
太陽
特別開心；祂有璀璨的笑容，
不用化妝；
祂知道，我明天一早
就要遠行，可以平安健康
順利上路；我準備好了，
我會帶一箱，滿滿的
屬於自己
原創的詩，我要去
一個我從未去過的
小王國，她叫汶萊
我的詩，都要和她的
小公子小王子們分享，
分享我心中，純真善良和優雅
和我心裡一直保存的，
純正的笑聲……

（2024.04.17／08：00九份半半樓）

世間，生生不息

世間，沒有絕對的
你不會是唯一；
從沒有到有，
你看到了什麼？
什麼都有，什麼都沒有

只有我，沒有他
那算什麼？
你是新人，你說
你是新人；

世間，有
生生不息的根源；
我不會在乎，
我，有沒有……

（2024.04.23／20：13研究苑，在汶萊想的）

《汶萊・初旅》詩系

霧，或有些暗示

霧，他不要你
看得太清楚
你看我，我有我的
不可沒有的
不同年代的，空想
和夢想

我，走過；
我，還在走
我，在霧中……

（2024.04.21／08：03汶萊君悅酒店）

可蘭經的第一聲

誰在召喚？
晨禱，可蘭經的
第一聲

天亮，未亮
清真寺
金蔥屋頂，獨自發光
來自，心靈
最深處……

（2024.04.21／16：39汶萊君悅酒店演講廳）

汶萊，晴空萬里

清晨，雷雨過後
晴空萬里，
汶萊，無雨
無語

神聖的
清真寺，每一座
大小金蔥屋頂
金光，璀璨
純金，無疑……

（2024.04.22／08：05汶萊君悅酒店大廳）

窗外的可蘭經

真誠，淨身
我誠摯的
心意；我做到了！

清晨，我淨身
淨心
啟程，我要回到
我珍愛的家鄉
寶島——
福爾摩莎！

（2024.04.23／05：20汶萊君悅酒店）

珍愛的羽毛

小小的，一支
是我
珍愛的羽毛；

純白，我相信
它是屬於
鴿子的，
純潔，善良；
我們都是
反戰的

世界，需要和平
人類，需要
真誠友愛……

（2024.04.24／10：30研究苑，
我在汶萊撿到一支白鴿子的小羽毛）

下雨，我必須聽它的

下雨，有聲音
我必須聽它的；
誰能不聽它？

水管，屋頂
叮叮，咚咚
能發出聲音的，
都叮叮噹噹
能鼓掌的，都嗶哩叭啦

下雨，我必須
快快
關窗，關戶
關上我的耳朵；
我，很不喜歡聽到
叮叮咚咚的雨聲；
細細小小的，若有若無
我還會欣賞

下雨，我最怕
我的衣服，我的內衣褲
我的帽子，我的書包
我的鞋子，還有
鞋子裡的襪子
溼溼，漉漉

我怕，很多很多
從小，下雨
我就開始發愁，
什麼地方，都不能去；
我是媽媽的乖孩子，
我跟媽媽說過，我答應媽媽的
我是聽話的
乖孩子；

下雨，我都必須
按規矩
規規矩矩，什麼
都不可以；

雨停了，什麼事
都好
雨停了，
我什麼，都好……

（2024.04.30／15：02九份半半樓）

寫詩，沒什麼不可以

寫詩，沒什麼
不可以
因為，都是
我自己想的
我，自己寫的

突然，天變了
不是變天，
大變，特變；
天空，突然破了
破得非常嚴重，
是從來都不會有的

天變了
所有的雲，都掉下來
所有的雨，都倒下來
我看到的；
天空，都已經是
空空的
什麼都沒有

地上的，都是
溼溼的
也是我看到的，
絕對都是
真實的；
也是，從來都

不會有

天是，一片晴朗
真的是
全部都是，換新的
我看到的
煥然一新……

（2024.05.01／05：54九份半半樓）

山城裡的雨

山城裡的雨，是斜的
斜斜的，
不正派……

有雨，無雨
是常有的事；
你自己要，管好自己
自備雨具……

斜斜的，不正派
山城裡的雨
最愛欺負人家；
一年，四季……

斜斜的，是的
東北角的雨
他們自己高興，
你，高不高興
他們不會管你，
你要管好你自己；
我會，管好我自己……

（2024.05.01／13：32區間快，
我要回礁溪老家，明天午後有詩課）

感恩，如果天上有家

我很單純，我的想法
更單純；
我地上有家，如果
天上也可以
有家，我就可以
同時擁有兩個家；

我是這樣想，很單純
我的父親，我的母親
他們在天上，肯定會有一個
溫馨的家，平安喜樂……

是的，我在地上
每天都是
有他們老人家，慈愛關注
我也才能平安喜樂；我相信
有他們在天上，
日日關注，時時保祐……

是的，我是這樣想
很單純
我如果可以，同時也擁有一個
天上的家，我自己就可以
蓋一間，小小的房子
每一面牆，每一塊磚頭
都用自己的詩砌成，
我就可以，名正言順的說

我在天上，也有一個家
百分之百的，幸福
屬於自己的詩屋……

（2024.05.02／04：16夜宿故鄉礁溪堂侄子家）

附註：昨天近中午沒寫成的，現在整理改寫完成。

登山，抬頭向上

登山，抬頭向上
是一種引力

累了，就該抬頭
看看
仰望我還未登頂的
山峰；

走走停停，我習慣
都在仰望
我要登頂的
山峰；

每走一步，我都不忘
用我的腳力，
刻下自己心中的
詩句；

生活，一定要
多多體會
苦，還是得多嚐嚐

今天，清晨
我又完成了
第一百五十一次，登上
三百六十度可以旋轉瞭望的
基隆山頂……

（2024.05.09／21：01記清晨登山途中隨想，
九份半半樓）

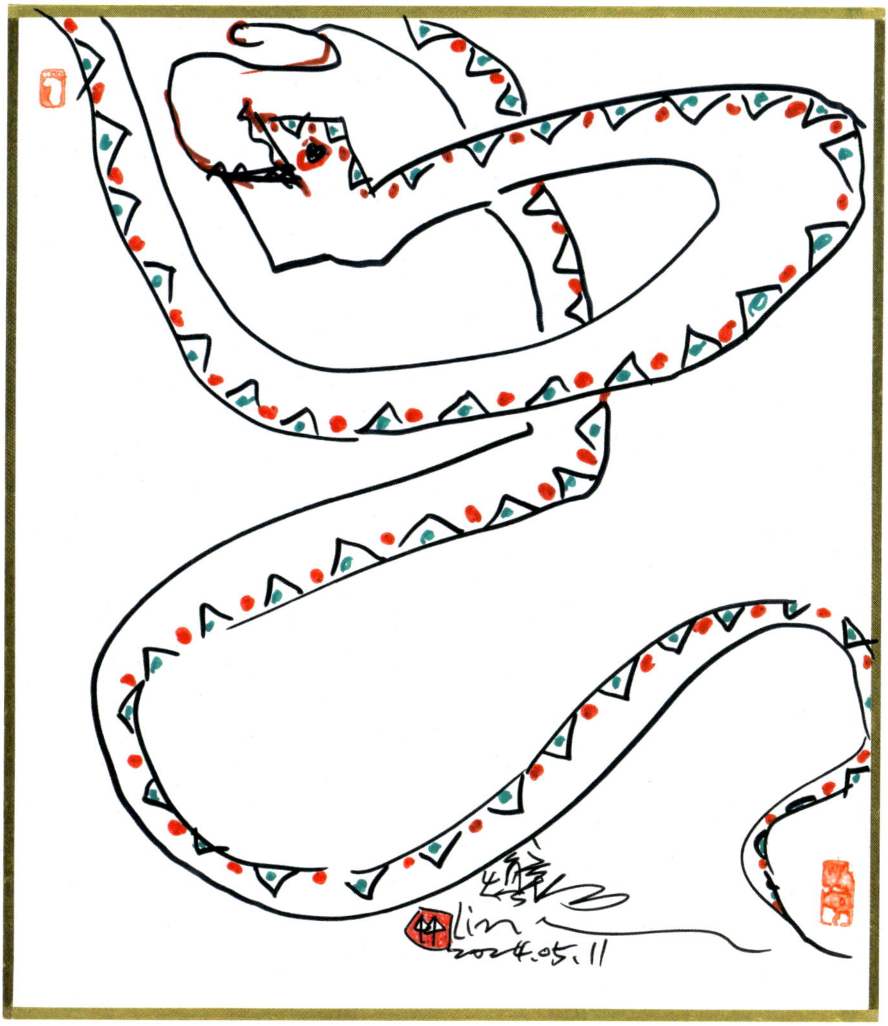

登山，我和步道上的石頭

石頭有臉嗎？不用懷疑；
我常常看著他們，他們
也常常看著我；
在登山步道上，每塊石頭
我們都成為好朋友……

上山的時候，我每登一步
都是專注的，看著他們
他們也是專注的
看著我，
下山的時候，為了安全
我習慣，會側身
一步一步往下走；
步道上的每塊石頭，
他們也是，習慣的
側著臉，很專注的看著我
安全謹慎是必要的，
我不找自己的麻煩，我會
照顧好自己；

想想，我是有一大把年紀了
我知道，自己要要求自己
你懂吧！我懂，我知道
我應該怎樣做好自己，
沒事，寫寫詩就好
不必問
詩可不可以吃，能不能吃飽

有沒有營養……

六十多年了，我寫詩
半餓半飽，從來不靠詩來填飽；
肚子再餓再瘦，還能保有
一定的體重，
可稱得上，標準瘦瘦的
也恰恰好
太胖了，反而不好；
登山走路，不要給自己
增添額外的負擔……

（2024.05.10／10：56九份半半樓）

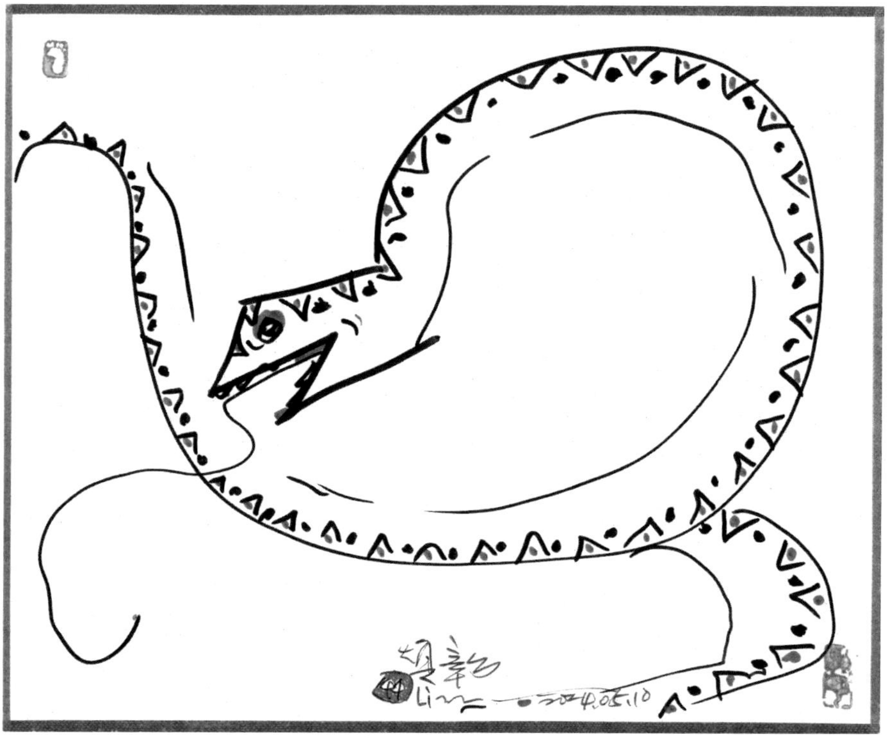

未來，不知在哪

未來，不知在哪
我習慣
跟著詩走，我不在乎要走多遠
走多久
一步一步，往前走

我已經走了
六十多年，還未看到
一個
明確的路標；

繼續走，就對了
詩的女神
偷偷告訴我；
她說，你什麼都不必知道

是的，我什麼都
不必知道
我就閉著眼睛，繼續
跟著她走……

（2024.05.11／09：26九份半半樓）

微笑的蛇

微笑的
蛇，牛角花百步的
我們都很單純，
沒有私心，沒有特別企圖；

微笑，是一種歡樂
純粹開心；
微笑的，我們都很善良……

母親節，大家都
平安快樂！

（2024.05.12／12：15九份半半樓）

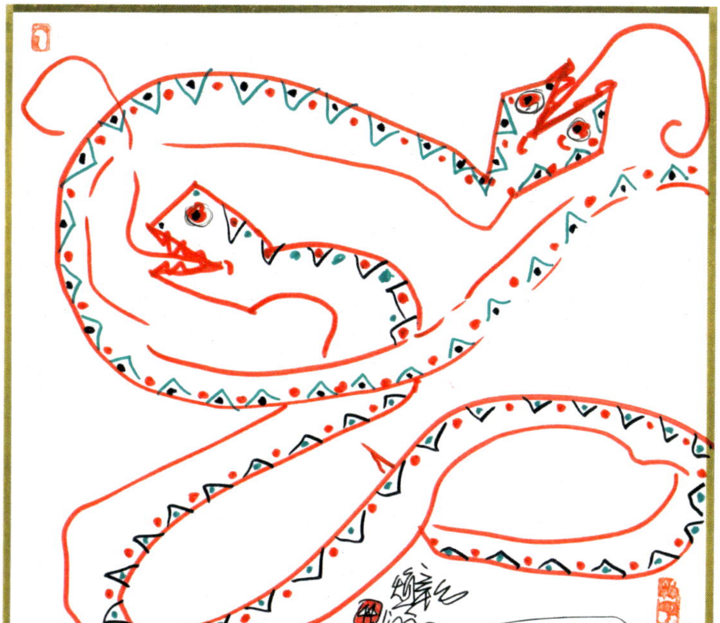

詩私・詩失，睡眠可以分段嗎

你睡了嗎
你睡過了嗎
你還在睡嗎
問題很多
不問就沒了嗎

早安，祝福
感謝您
早早睡著了
早早醒來了
又早早再睡了
現在，醒著也還在睡呀

側著睡嗎
睡我的孤寂
平躺著睡嗎
睡我的平坦
睡我的安康

一夜，三醒
日日夜夜
睡睡，醒醒
詩，就失了
詩，就私了
我還要什麼
詩，就是詩了
詩，就是我的了

（2024.05.13／07：25研究苑）

紅門，有影無影

紅門，不是大戶人家
我也不會看上人家；
自然，我也不需要攀附人家

小，小小的我
小，小我自己的
小小小的小……

（2024.05.13／08：35研究苑）

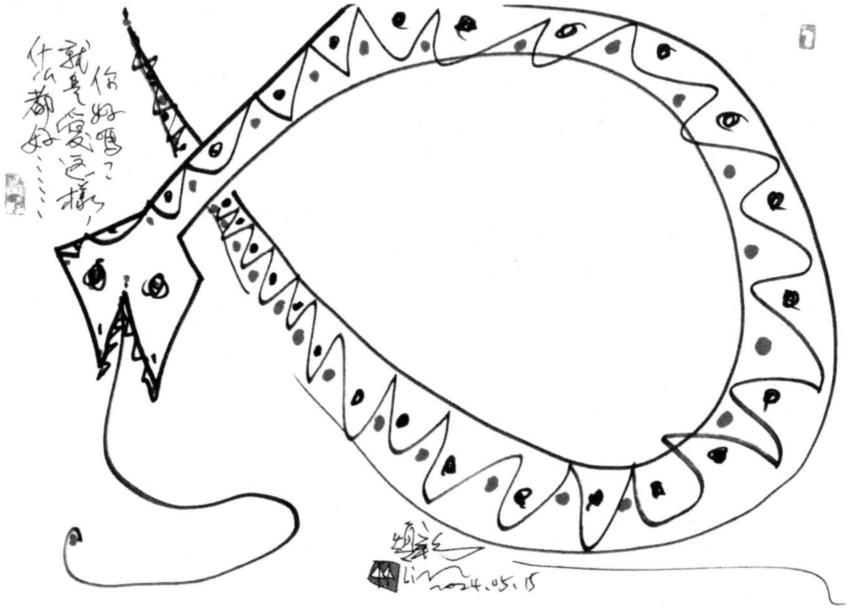

雨，會長長久久嗎

什麼，長長久久
雨會，長長久久嗎

時間，是
一秒一秒增加，
我看不到
它有在增長，還是
一秒一秒
向前走……

歲月，一年一年
消失
應該是，越來越少

雨，從天上降下
我看到
它們，一到地上
就沒了

（2024.05.14／21：16九份半半樓）

一粒小小的灰塵

世間每樣東西，都有它存在的理由，或權利，包括你最討厭的、你看不見的一粒小小的灰塵；它可積少成多，數億億萬萬年之後，可能就是你眼前的一座名山……

你想登山、攻頂嗎？你還得從山腳下，一步一步向上爬；到了嗎？到了嗎？到了嗎？你登山的整個過程，你得不斷的停下來，喘喘氣，不停的問問自己：到了嗎？到了嗎？到了嗎？怎麼走了大半天，我還在山腰上，要不要繼續往上爬？一定要登上山頂，否則你不就輸給了原來只是你、根本就是你看不到的、或是你看到了就討厭的、一粒小小的灰塵……

（2024.05.15／06：02九份半半樓）

詩是，詩與非詩

我是詩
我非詩
我從心出發
我從心開始
我重新開始

詩在哪裡
哪裡有詩
我從心出發
一路上，我看到的
有山有水
有海有天
有風有雲
有雨有霧
有樹有人
有房有屋
有高樓有大廈
有我殘破的老屋
有馬路沒有馬
有大車有小車
有火車有水車
有飛機還有船
有大人有小孩
有男人有女人
有老有少
有貓有狗
有鳥有魚
有蝴蝶有蜜蜂

有蟲有蛇
有眼睛你能看到的
有眼睛你看不到的
有你能想得到的
有你想像不到的
有吃你吃不到的
有大魚有大肉
有山珍有海味
有土有石
有沙有飛塵
有風有雨
有有的沒有的
有什麼都是詩的
有有什麼都不是詩的

詩，是什麼
詩，不是什麼
你說了什麼
你說了不是什麼，就不是什麼
今天，我說了是什麼就是什麼
我說了我說的
什麼都不是什麼，
我寫的也是
什麼都不是什麼……

詩，是什麼
詩，從心開始
我從心開始
我重新開始
我永遠從心開始；
現在，我就重新開始……

（2024.05.18／08：04研究苑）

卷五

醉詩，醉酒

酒，我獨愛58；金門是我朋友的故鄉……

醉詩，醉酒

詩，我愛新詩
古典的
我也會，讀
一點點……

酒，我獨愛
58
金門，是我朋友的
故鄉；誰
不愛故鄉？

醉詩，我的確是
醉了
沒有話說；
醉酒，我當然也
醉過
醉過，自然就懂得
不能再醉，
我不能當
酒鬼；喜歡，
小酌，可以
自然，不能天天喝
會喝掉自己
健康的身體，包括一顆小小的
純潔的詩心

醉詩，無妨

玩玩詩，玩玩心情
玩玩腦袋
當然，我是很在意的
要時時動動腦筋；
玩文字，玩它
潛藏的深義
如果可以，如果需要
我會把你我
變成我妳，把他她牠祂
或它它它
都請出來，大家都好好相聚
天下，這樣
不就是太平了嗎？
這下，不就是
很熱鬧很熱鬧，
有什麼不可以？
我可以，你可以
他她，都可以
文字，本來不就是
要你使用嗎
你自己的心情，
你自己可以
自我管理
你自己的腦袋，不就是要
要屬於你自己的嗎？

我，醉詩夢死
不，夢不死
夢，未醒
夢，永遠不要醒……

（2024.05.23／06：41九份半半樓）

葉尖上的一粒雨珠
——給一個沒有媽媽的小女孩

一粒雨珠，停留在葉尖上
會要有多少時間？
不敢說，剛下過一場雨
可以肯定的是，
它不會是露珠，自然也不是
誰的眼淚；我突然想起
昨晚夜裡，我聽到
她偷偷哭泣……

為什麼，她又想起了媽媽
媽媽要去遠方的時候，
曾經跟她說過，想媽媽
不要難過，但媽媽忘了說
她要去的，那是什麼地方
她只知道，媽媽說
永遠永遠
不會回來

是的，媽媽生病的時候
媽媽有偷偷告訴她，
想媽媽的時候，絕對不要哭……

（2024.05.26／18：15九份半半樓）

一隻流浪的狗

我每天都在，人生路上
街上，路邊
和人一樣，和街友遊民一樣；
我也學會了流浪……

累了，餓了
就乖乖，閉上眼睛
什麼都不要想，
在街上，在路邊
隨地躺下
把自己躺成一首詩

一首，破破爛爛
臭臭的詩；
只有詩，是可以寫的
只有詩，是我的
可以活著的存在的理由；
它是我的一種，我的
存在的呼吸！

（2024.05.29／02：08研究苑）

詩是我寫的

一睡一醒之間
你在做什麼
你可以說清楚嗎
說不清楚罰站
今天整天都要站著

我突然想到
站一整天太累了
我可以把詩帶來
它是我昨晚
半睡半醒中寫的
完全屬於我的
可以抵罪嗎

（2024.05.30／09：42研究苑）

我在湖邊看湖

我在湖邊，當然
我在看湖
湖也在看我，
湖也在看其他
他能看到的，周邊的萬物

我知道，我何其渺小呀
湖，不一定會把我
看在眼裡，更不會看在心底
湖的心，它會看著什麼
它肯定，專注的看著
天空
從沒移動，不必懷疑
湖，用心專注
日夜看著
雨天晴天，看著
天

空

（2024.06.07／10：12青埔橫山書法藝術館前）

銀杏家族都很有錢

銀杏家族，每一棵
都很有錢；一到秋天，
他們的每一片葉子，都會
變成金幣！

銀杏家族，他們
每一棵
都很慷慨，很大方
秋風一起
他們馬上都知道，就是
該做好事的時候了⋯⋯

金秋，一年一度
是大捐款的季節；
銀杏他們，每一棵身上
每一片葉子，都是一枚金幣
風一吹，所有的金幣
都會一次捐光光！

你看過了嗎？是的，
有一年，我在首爾作客
我走過鍾路，正好身上沒有一文錢
我走到樹下，我也可以分到
一枚，十足的金幣
我就換到了——
十萬韓元⋯⋯

（2024.06.14／14：54區間車瑞芳回南港途中）

我在，我的人生路上

今天清晨，沒有鳥聲
我在，我走在我心的路上
朝著
太陽升起的方向，走著
我知道，那就是我
出生的地方，是一個小農村的方向；
沒錯，我就是那個方向
一個小小的農村
從小，我什麼都沒有的故鄉！

小時候，我小小的時候
我就必須離鄉背井，走上
我什麼都不知道的
人生的路上，沒有鳥聲的地方
孤單前進，孤孤單單的
前進，向現實人生前進
就沒再回頭；他鄉就成了故鄉，
在沒有鳥聲的人生路上，
默默行走，堅定行走
走上吃酸吃苦
自己擁有的人生……

（2024.07.04／09：12研究苑）

附註：據說，我三歲時，父親就賣掉了屬於他的三間紅磚屋，以及所有的田地；母親出走，由大媽扶養我……
我十五歲走出農村，已過七十年。

寂靜，十四行

此刻，現在
大地都還不想
睜開眼睛，
無風，無雨；

昨夜，我寫的
雨詩
每一個字，都還掛在
每一棵樹上
每一片葉子，都有一顆
晶亮的
眼珠；

想想，再想想
它們都不願意
說聲，再見……

（2024.07.05／05：55研究苑）

又譯鳥聲

——清晨完成了第一百七十八次登基隆山

我沒有，單一的
特定信仰
每一種宗教，都有自己的神；
我也有，我更多
我尊敬每一種神……

我登山，我聽到
有一種鳥，牠叫：
基督，基督
還有一種，叫
佛陀，佛陀；
我也會，在自己心中
跟著牠們，默念：
佛陀，佛陀……
基督，基督……

有信仰，是好的
哪種信仰，都好；
阿彌陀佛，阿彌陀佛
阿門，阿門
事事如意——
你好，我好
大家都好
世界和平，人類
不要有戰爭，
絕對，不可以有戰爭……

（2024.07.07／09：58九份半半樓）

過去，都還沒過去

過去就消失了嗎？過去都還沒過去，
我在時間之中
我清楚知道，時間走路的聲音
他的腳步聲是夠輕巧的
我看不見，我感覺到
他和我同步進行著，
一樣不快不慢
有一定的頻率，不會
忽快忽慢，
我們保持距離，我們併肩行進
你說他快嗎？我也快
我也知道如何珍惜，
時間和我，共同存在……

（2024.07.07／17：28九份半半樓）

卷六

這裡，那裡

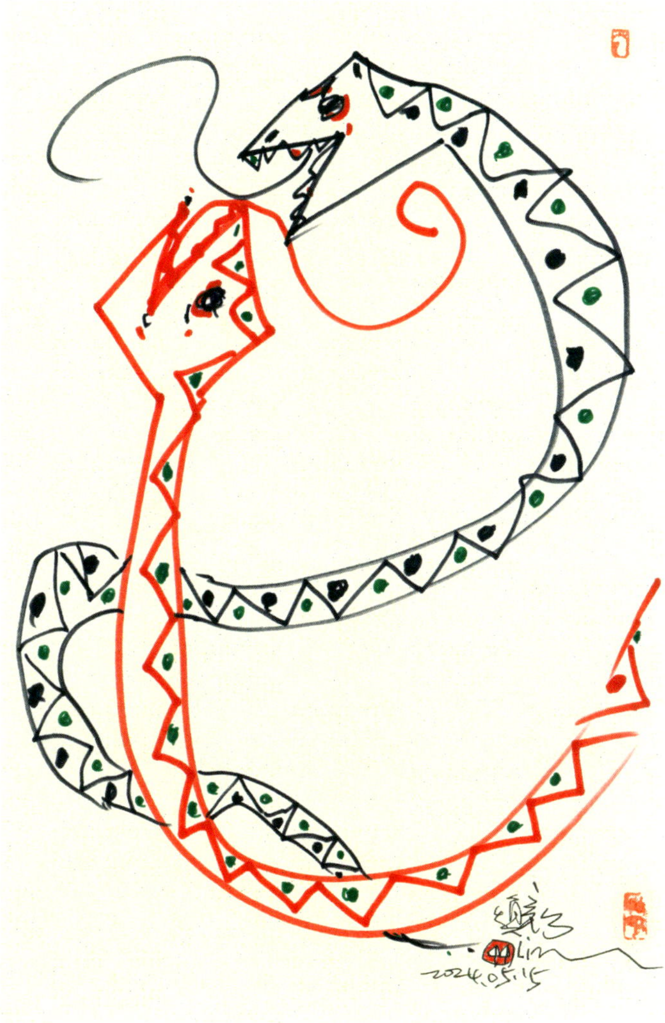

我正在行走，行走在人生路上，漫步行走……

這裡，那裡

這裡，那裡
都是這裡，
那裡
我正在行走，行走
在人生路上，漫步
行走

這裡，那裡
從冥王星到
天狼星座，我行走在
沒有日夜，
無日無夜
天上人間，從思念到
想像的距離，
從沒有過的
從期待到失望，有重量
沒重量，
我也不曾稱量過，有過
這裡的煙花三月，不是春天
有過，春天
也不在三月；三月不是季節

春天，不是春天的春天
我還在行走，
這裡，那裡
行走，行走在
人間的道路上……

（2024.07.10／09：12九份半半樓）

我探索，腦與心的距離

我，什麼都不是
什麼都不懂
我會像誰，短暫的今天和明天

我不知道，我是什麼
像什麼；我沒有眼睛，
我不需要眼睛，我有
一顆完整的腦袋，
一顆跳動的心

我有一個
元宇宙，山海天地都不算
我看到的，和看不到的
通通都看到，都不必探究
它們各自擁有，
自己運行的軌道

元宇宙之中，不為你我他
計較生死與有無
生命是什麼，都不是什麼
永恆，不會是你的
永恆，也不會是我的
短暫的今天和明天，明天今天
都是你說的
一天，有限的一天

（2024.07.14／08：35研究苑）

詩在哪裡

詩是什麼？
詩在哪裡？

你說了算，你不說也算
我，可以給自己自由
我也可以，給自己
不自由；

我，不確定的
詩在不在
我的腦海裡，
腦海中的魚，是海中的魚
我要知道，牠們是
為什麼而存在？

我要知道，我自己的存在
不必在乎，我存不存在
我要給我自己
最大的自由；
一切都是，為了自由
我因此而存在於
不必存在……

（2024.07.20／16：00九份半半樓）

《半半人生》三行小詩系列

1.

一半詩，一半畫

如果，還有另一半
人生，自然合成……

2.

白天一半，夜晚一半
不用天天在一起；

永遠，一半一半……

3.

妳一半，我一半
公平，很公平；

妳要想我，我要想妳……

4.

白一半，黑一半
不分黑白；

同為一體……

5.

生一半，死一半
人生，生生死死；

永世，再生……

6.

一半哭，一半笑
哭哭，笑笑；

哭過笑過，一生美滿……

7.

一半淚，一半汗
有淚有汗；

滋潤大地，和成一生……

8.

一半苦，一半甜

苦過，甜過
半半人生，已過一大半……

（2024.07.22／07：40研究苑）

繡花的草地

有陽光，真好
有落葉
也很好；金黃的落葉，
在我窗外的草地上……

是誰，為我窗外的
草地
繡花？一針一線，
都不含糊；

美，多元
美，多樣
怎麼看，都美
大自然
不能說不美；

美，在我心中
美，在我眼裡
都一樣
青純，嫩綠鮮美
它們，一直都在
和清晨的陽光，
眨眼睛……

（2024.07.23／09：34九份半半樓）

《無題，三行小詩》系列

1.

我，信任我自己；

登山，自我健檢
不必看報告。

2.

蚊子，比我聰明
我要打牠；

牠教我：你先打你自己……

3.

現在的時間，是我
過去的時間；

我，還年輕……

4.

我，常常作夢
好壞都有；

我不能只挑好的……

5.

夢，是什麼顏色
什麼樣的夢，可以加上紅色？

今天的夢，是水蜜桃的。

6.

風，可以自由
雲，必須聽他的；

沒道理，就有道理……

7.

我不是愛胡思亂想，
詩，愛胡思亂想；

我，可以不要胡思亂想嗎

8.

雲，變來變去
都不是她自己願意；

如果沒有風，她要聽誰的？

9.

如果沒有如果，
如果什麼都沒有；

我，什麼都沒有……

（2024.07.23／10：54九份半半樓）

凱米颱風之外

窗外的窗外之外
雲霧之外的雲霧之外的
島之外的島
島之外的島之外的颱風之外
凱米颱風之外的
颱風之外的島之外的，島之外
我心之外的我心之外
寧靜山城之外的之外的山城，寧靜之外
有孤寂之外的孤寂
有萬分孤寂之外的孤寂，飄浮之外的雲霧之外的飄浮
我心之外的平靜之外的，平靜之外
孤鳥單飛，飛過之外的飛過窗之外的窗外
無聲飄浮，無聲移動之外的之外的無聲之外
我心之外的，無心之外
沒有任何雜音……

（2024.07.24／06：52九份半半樓）

我是一個小小人

我是一個小小人，
小小的小孩；也可以說
我是一個沒有路用的人，
什麼都不會做……

我說，我說
我說：
搞政治的人，
請不要做
傷天害理的事，
誰也不會聽我的……

遊戲，遊戲
遊戲
最好了，遊戲我最大
怎麼玩都可以，我高興
我玩什麼，都可以……

（2024.07.25／07：34九份半半樓）

時間，過去的現在的

現在的時間，是我
林煥彰的時間
是過去的時間嗎？

現在的時間，是過去的時間
時間，應該如何解釋
祂的時間，是祂自己
可以為祂自己作解釋的嗎？
祂，說得清楚嗎？
我自然不知道，
時間，祂自己會怎麼說
祂要是說了
祂要用，什麼樣的語言來說？
最簡單的說，自然就是
時間，祂用祂自己的語言來說，
是最普通的語言，
最方便的方式；
可是，你能聽得懂嗎
世界上，沒有
任何一個國家
任何一個民族，
他們的語言，可以
和時間的語言相通，
也無法可以通譯出來的呀！
沒有人，能真正的懂得
時間的語言呀！

你，要是用猜的嗎
祂要說，
祂現在的時間，就是
祂，剛剛過去的時間；
過去的時間，能再回來嗎
你能相信嗎？
你會接受嗎？
我們是，永遠永遠
永遠都無法接受的
現在的時間，就是
林煥彰過去的時間，
能通嗎？
這絕對絕對就是謊言，
全世界的人，絕對是
沒有一個人，
會相信的……

時間，過去就是過去的
永遠的消失，永遠
永遠的過去……

（2024.07.25／15：22九份半半樓）

詩的，營養早午餐

早安，照顧好自己
是應該的
早上起來，應該要有
一首詩，當作營養早餐
麥片奶粉芝麻
加咖啡，也是
應該要有的；
如果，你有兩首詩
就可當早午餐，那更好

詩，可以餵養我
我就過得很心安，
很自在
生活，是可以簡化的
人生，也應該簡化
能簡就簡
能省就省
自在，就好
自在最好！

現在，我什麼都好
活著，真好
有詩的早午餐，
天天活著
是真正的好……

（2024.08.03／10：15社巴下山途中）

我是蛇，是小龍

我是蛇，是一條
小龍
請你不用害怕，我是
十二生肖中的一種；
很幸運，我排在正中央
證明，我不會亂來

我，全身柔軟
能曲能伸；我沒有腳
照樣可以行走，
比有腳的任何動物，
都要走得快，又更方便

為什麼，你想知道嗎
這是天生的
上天給我的，是一種恩賜
我會牢牢記住，我會好好
作好一條小龍，不會亂來
你看到的
我昂首，我感恩
我祈求
請你把每一年，都當作
龍年，
為普天之下
做好，每一件事……

（2024.08.18／12：40九份半半樓）

生命中的一首詩

生命中的一首詩，要有
一組密碼
它屬於我的；

一組密碼，它要有
幾個數字
5823或2835，
或3528
也都是，屬於我的

一首詩的開始
它是無理頭的，沒有
潛規則
進進出出，也可以
不進不出

我的日常，我的
不正常
寫詩，沒有人要求
我自己寫我的詩
我必須自己，認真學習
沒有人要求你，
你需要你自己學習

你自己要注意，要擁有
自我要求自己
要改變，要放棄

也都是
屬於你自己，我要求
我自己……

生命中的，一首詩
沒什麼道理
我守住了，天天寫詩
無聲無息，
毫無道理……

（2024.08.26／05：30九份半半樓）

雲，孤不孤單

一個人，同一個人
一朵雲，同一朵雲

　　（孤不孤單）

一個人，在地上
一朵雲，在天上

　　（孤不孤單）

我從來都沒想過；
妳，想過嗎？

妳，孤單嗎
你，寂寞嗎
我，沒想過
雲，她會想嗎
我，在心裡想……

（2024.09.09／07：03桃園青埔橫山公園
書法藝術館前湖邊）

附錄

感恩、追思和懷念

敬悼恩師，感念、追思好友……

方舟領軍乘風破浪
——敬悼　陳昆乾兄長
金門永遠最年輕的方舟校長教育家

我們屬兔子
一生單純
您是老大
我永遠是老二
有事您擔當

我們兩個兔子兄弟
您愛玩我也好玩
我們一起玩書詩畫
一生都玩得很開心

我畫畫亂塗
您蓋章端端正正
我寫詩淺淺白白
您寫書規規矩矩
我說「活著認真寫詩」
「死了讓詩活著」
您就以您珍貴墨寶慷慨書寫
為我留下
我寫「想想就有了」
您就賜我「萬年書香」
我愛「金門58」
您就送我「陳高」
我默默耕耘心田

您就鼓勵志堅完成我的博論
我不懂喝茶品茗
您就煮陳年普耳熬老薑
每回我們沒有吃完的好料
您就要我通通打包
我們都珍惜食物
一隻孤苦的兔子就被您餵養成
粗粗壯壯的老兔
可以經常蹦蹦跳跳
風雨無阻登上基隆山
今晨已完成了第一百七十三次
應該忠實向您稟報
您是方舟
引領我鼓勵我繼續向上登高
我會好好牢記
完成您我兔子兄弟
詩寫無私的志趣……

（2024.06.30／18：12九份半半樓）

蘭陽，兒童文學的天空
——敬悼　尊敬的藍校長祥雲

是的。安靜的，
安安靜靜
您一向都是
默默耕耘，堅守
教育本位
您是我們仰望的，故鄉
蘭陽藍天之上，一朵
祥瑞的白雲

蘭陽，是的
我們最珍愛的故鄉，請大家
抬頭看看，應該是一種
最真心的
至尊的仰望，潔白純淨的
一朵祥雲

是的，您默默催生
推動了，我們最珍愛的故鄉
蘭陽的兒童文學；
您是啟蒙的
重要推手，讓我們蘭陽
藍色的天空，
領先吹著，不熄的號角
兒童文學的和風
至今，我們蘭陽的
藍天之上

仍然享受著，呈現一朵
巨大的，祥和的
白雲

是的，我們衷心的仰望
最珍貴，最純淨的
蘭陽兒童文學的天空，
有您，一朵
祥雲……

（2024.07.13／05：36研究苑）

萬分不捨，大家珍愛的劉鳥
——敬悼　畫家劉伯樂

您是一個，很特別的人
您叫伯樂，
不只是一個伯樂
您可以博得大家，都很快樂……

您是，一個
從不計較的人；什麼都好呀，
只會跟自己計較，
您要做的事，一定要做得最好
安安靜靜，認真做好……

您叫伯樂，就是要
博得大家快樂
總是微微笑笑的，人家要您做的
您可以做的，從不拒絕
一定認真做好；
沒話可說，有話好說
您的一生，就是伯樂
可以博得
大家都很快樂，自己也很快樂
一生都很快樂……

您，愛鳥
所以有朋友叫您
劉鳥，
我不知道，誰先叫出來的暱稱

您也沒有拒絕；
苦就在苦中，樂也在其中
您常常會忘記自己
把自己泡在水中，還是
樂在其中……

您，愛鳥
您，劉鳥
您，瀏鳥
您，畫鳥
我的《嘰嘰喳喳的早晨》，就有了
大好的機會，請您
畫了繪本，
整本都是
小麻雀，愛講話的嘰嘰喳喳的
小麻雀；
一打開書，
清晨四五點，就有了牠們
嘰嘰喳喳的
講個不停，快樂的叫個不停；
那多嘴的
愛說話的聲音，唱歌一樣
快樂的，翻開了每一頁
一天的生活，就自然而然的
展開了
幸福的人生，展開了
美好的一天，閱讀
快樂的一生

是的，您是伯樂的
像所有的鳥兒，

帶給很多人，博愛的
大快樂

是的，肯定的
您一生伯樂，肯定會的
再生也一定是
伯樂；
您，無論去到了哪裡
我們都會想您
您也是，一定是
永遠都是伯樂的，會帶給大家
像所有的鳥兒，一樣
天真快樂

只是，我還不敢相信
現在，我也還不能相信
事實都擺在了眼前，
有訃聞為證
是印錯了嗎？
是的是的是的，真希望
有人會告訴我
那是印錯了的；
我們，應該會有人
告訴我
我們都一直會在一起的，
一起快樂的溜鳥……

是的，我還在想
《嘰嘰喳喳的早晨》，因為有您
您和我，我們很幸運
我很幸福

我們的名字，就有機會
同時變成了英文
又同時，變成了韓文
我們一起，在英文的世界裡
遨遊
至今，我們也同時
還在韓文的國度裡，一起
快樂遨遊……

（2024.09.23／11：09九份半半樓）

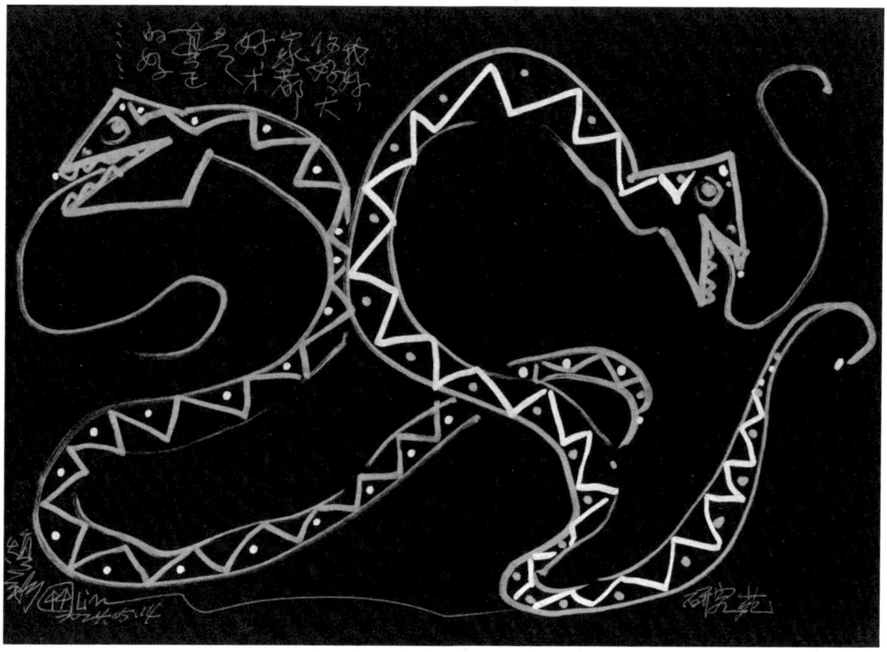

讀瘂公，微笑的臉

——感念恩師，敬悼　著名詩人瘂弦

是一種哀慟，不可以哭
是一種敬悼，不可以流淚
淚就含在眼眶裡
慢慢回流，在心底裡
不要讓人看見
哭，就在心裡哭
不要讓人聽見；
如一股微風……

都快頭七了！幾天幾夜，
你還難過嗎
不難過嗎？不不不
不難過嗎……

我讀〈我的靈魂〉
我讀〈紅玉米〉
我讀〈給橋〉
我讀〈鹽〉
我讀〈印度〉
我讀〈巴黎〉
我讀〈倫敦〉
我讀〈芝加哥〉
我讀〈如歌的行板〉
……

是那樣的迷人
是這樣的迷人
這樣和那樣
是哪樣，就是要這樣
安靜的，安安靜靜的
從心底裡細細的讀着
恩師　痖公的臉，慈祥
和藹開朗
可愛，可親
笑笑的，永遠的
笑笑的
臉，多好。是的
多好呀！
痖公，是個好人
是的，是位頂頂好的
真正的好詩人；

鹽啊！鹽啊！鹽呀
那年代
他就這樣，沒哪樣
就是要這樣，
在詩心裡
大聲吶喊
喊出了他心中的，每一首詩
每一個字，
每一個句子
句句都是血，都是淚
都是悲憫的
腑肺之言；
每一個字，都是熱血凝結的痛
不朽的詩，不朽的

民間疫苦
至今，都已成了
二十世紀的
中國現代詩的經典……

（2024.10.15／07：54；
10.12／清晨起草於山城半半樓，定稿於今日研究苑）

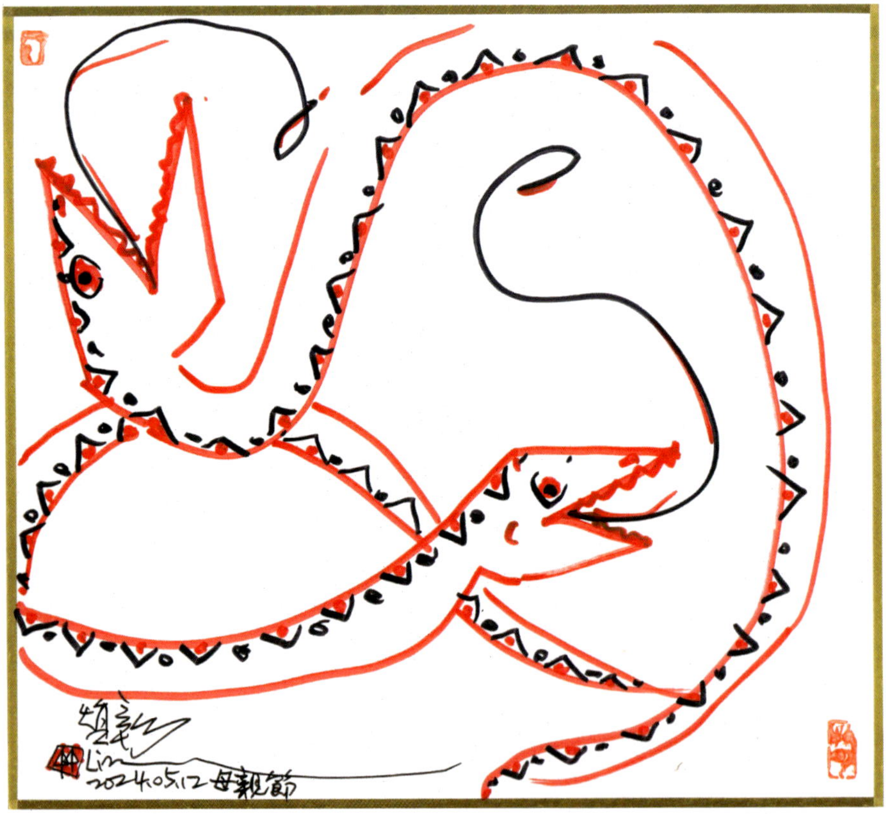

兩張，合不攏嘴的照片

——懷念童話名家　孫幼軍

喝一口水吧！
九份，屋簷下的
山泉水；
我一直忘不了
牢記在心……

有一年，在北京
夜裡
您騎著鐵馬
載我，您笑著說
那是您唯一的寶貝
私轎車；

那是晚春的時候，
入夜，我們路過的
每一條
大街小巷，都有人
對著我們
好奇的說：
那兩個人，他們怎會
笑得那麼開心？

那些人，絕對是沒見過
這類新型的
豪華的小轎車，
讓我們哥兒倆，自己都

笑得更開心；

想想，再想想
天底下，哪會有我們
這樣，一直笑到現在；
三十多年了，
還在笑，笑得真正的
合不攏嘴呀……

（2024.11.11／17：19九份半半樓）

附註：孫幼軍，二〇一五年八月六日病逝，我一直掛念在心，現在才為他寫成這首追念的詩。

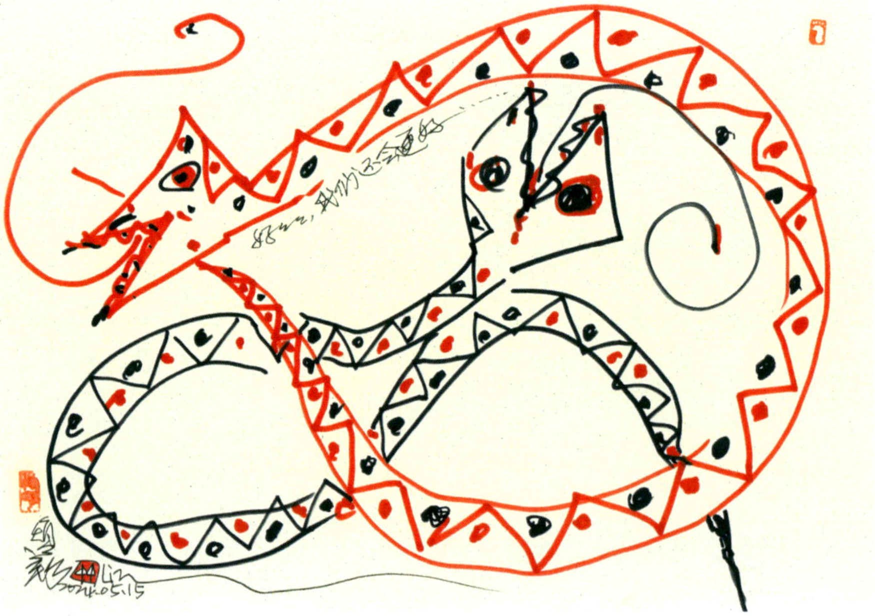

認真骨力，您是台語詩人

——敬悼　林家詩社社長林宗源

用台語寫詩
宗源兄，您認真骨力
堅持
就是標準的漢子；
您是一條，正港的
在地本土的蕃薯，
尚早用台語寫詩……

二〇〇七年，我們成立
林家詩社時，
您自然就是，我們
林家的大帥哥，
用台語寫詩的
第一人；

一九六四年，更早
您開始提倡
用台語寫詩，甚至喊出
無用台語寫的
不是台灣文學；接著
您自己就成立了
蕃薯詩社——
自己走自己的路……

宗源兄，您是正港的
本土的
台灣詩人；

您就是地瓜，是在地的蕃薯
毫無疑問，沒有問題……

我們是林家的，我們成立林家詩社
您自然就是我們，
名正言順的
社長；您心中有大愛，
愛所當愛的詩人

我們林家詩社成立時
您攏無計較，什麼語言
都可以寫詩
您的每一首詩，都有滿滿的大愛
您是海派的，很大氣的海派
詩就是您的，一生
鍾愛的情人；

是的，沒有愛
就不會有詩
是的，愛在您詩裡
就是唯一的生命；
活生生的，您就一直堅持着
挺挺的站立；年輕時
您就是
一個帥哥，年長了之後
背是有些駝了
您還是我們，林家的大帥哥；
我們林家詩社，雖然沒維持長久
我們還是非常感念您，
有您，我們才會有
林家詩社……

（2024.11.27／11：00九份半半樓）

木城，您在哪裡

——哀慟，敬悼　木城校長

布穀布穀，近半世紀之前
我們一起催耕播種
在《布穀鳥》種下了
台灣兒童詩

難過嗎，何止難過
萬分心慟
心痛不捨，
您是無敵的校長，
永遠的校長
是我們兒童文學界的
先鋒，大將
我們需要您
一起走在前頭，默默當個
台灣現代兒童文學的園丁

我剛找遍了
一大堆照片，您是我們
團隊中自願的
攝影師；
我們一起，從合肥開始
啟動了
兩岸兒童文學
破冰之旅——
橫渡黃河，登上了黃山
天都峰，

再到上海，去了北京
走過昆明，走過成都
還到過天津、南京
廣州和海南島；很多合影，
您都不在照片中……

您在福連國小，也在
建安國小
當過無敵校長……
我一直都沾到您的光，
走在您背後，分享了
您的璀璨的榮光
分享您年輕時，耀眼
傑出的光采；

您領頭編過
康軒小學語文課本，
讓我有機會
成為課本裡的作家；
同時，又一起為香港
新亞洲出版社
編寫小學語文課本；
您是真正的，無敵校長
兒童教育家
時時領軍，倡導改革
國民教育新理念的實踐者，
包括，發起成立民間
野菜學校創辦人兼任校長；
您一直是，太拚了
太累了
我曾和您說過：

夠了，夠了
可以少做一些，要多多休息……

（2024.12.10／10：56九份半半樓）

編後記
自說自畫以及感恩的話

做一個平凡的人；活著，可以寫寫詩，就很開心。

作為「生肖詩畫集」系列，這是第十一集，明年我就圓滿如願，完成達到了自己的想法。

蛇，一般都比較令人害怕，不敢接觸，一想到牠，心裡就會有毛毛的感覺，很不舒服；可牠被列為十二生肖之一，還是少不了牠；一定有牠存在的道理，我當然也不得不接受；從一些文獻資料中，我找到了幾個字，屬於正向的，我就藉着來作為書名，就是《黃蛇·精靈·飛騰》，希望讀者會有正面的回響，不用害怕。

我這本屬於蛇年的生肖詩畫集，是九月十五日發排，整理今年一至九月中寫的部分詩作；這九個半月中，我已寫了近三百首詩，成人詩兒童詩都有；我從中挑出約三分之一，編成這一輯，預計明年蛇年年初出版；這一輯，我也為蛇畫了五、六十幅小畫；為了避免讓人看得不舒服，我盡量把蛇畫得可愛一點，希望能為讀者帶來一份真心的喜悅、平安又得福氣。今天十二月二十日，我一共寫了三百六十七首詩；短小兩行的不計其中；如果要全部出版，可編印成三、四本。

因為經常登山，寫詩分享，我這兩三年就有不少意外收穫；有不少從未想過的詩作，就有機會寫出來；登基隆山，我已累計達兩百一十二次，寫了許多相關的詩，也多出了「翻譯鳥聲」、「觀雲」等系列，以及我在泰國、印尼等國家地區提倡六行小詩（含以內）寫作，自己當然也從未間斷；這類詩作，在這裡都只收錄一小部分，等待將來再做專輯出版；因此我相信，堅持認真生活、認真觀察、認真體會、認真感受、認真思索，就會有獨特的意念產生，寫出不同的詩；我是反對所謂的「靈感」的說法！那會是一種誤導，讓人迷惑！

近十年來，我每年詩作都有三、四百首；我知道，寫多了不一定都好，但我個人堅持，在寫詩路上，一定要不斷自我磨練；學會當自己的老師，也當自己的批評家，挑自己的毛病；我會繼續努力的……

至於內容的分卷編輯，我習慣偷懶，就按寫作日期先後排順，每二十首作為一卷；此外，我照往例收入數首有關悼念的詩；這些悼念的朋友，他們一生都在教育界服務，也都擔任小學校長，對國民教育貢獻良多，給了人生最珍貴的歲月，同時又都熱愛文學和藝術，因此我有機會在他們身上獲得了不少啟發和關注。

最後，我要感謝兩位好友：田運良教授和謝武彰先生，他們都是資深著名詩人、優秀作家；在百忙中，肯撥空為我寫序，給我很大的鼓勵。同時，我也要謝謝秀威公司，近十一年持續支持我，讓我完成十二生肖詩畫集，得以按年順利出版；明年初，乙巳蛇年詩集之後，二〇二六馬年，生肖詩畫集這一系列，我就正式如願完成了個人的一個心願，算是圓圓滿滿為自己做了一件喜歡做的事。

寫詩已逾一甲子，對於一個農家出生、不會讀書，沒有學歷的平凡人，我個人就毫無遺憾了。

（2024.12.20／清晨，九份半半樓）

林煥彰詩畫集系列

玉龍・祥龍・瑞龍——林煥彰詩畫集

定價390元

不論發表與否，詩還是要寫，它對我自己來說，非常重要；有了詩，我才沒有白白過了這一生；無論如何，我仍然會繼續寫詩——為兒童，也為我自己，我會更加努力，力求創新與精進；寫詩，不重複別人，也不重複自己……

玉兔・金兔・銀兔——林煥彰詩畫集

定價450元

《玉兔・金兔・銀兔》，這是我生肖詩畫集第九輯，是我2022年所寫488首詩作中整理出來的一部分，屬於可以和成人、大朋友分享的詩作；我寫詩，喜歡說分享，分享屬於我的，別人沒有的，應該說是沒有負面的，而且我又習慣使用口語化的語言文字，我自稱為活的語言，同時我又主張：我寫詩，我不為難讀者；我不用艱深枯澀的文字或古典優雅深奧的辭彙；我以明朗、真摯的手法，來詩寫我生活中對人生的體會和感悟……

虎虎・虎年・有福——林煥彰詩畫集

定價400元

生肖詩畫集，是我畫生肖的一個系列；畫，是對著當年的生肖所做，詩就沒有要與畫對應，還是隨我的心境而寫的。今年歲次壬寅為虎年，照這計畫和心願，畫了近百張虎畫，但筆下的虎，總像我平時愛畫的貓。我不會寫實，不愛寫實，但總要給自己臺階下——我主要希望我畫的老虎，不是兇猛恐怖的動物，喜歡牠和貓一樣溫和！

好牛・好年・好運——林煥彰詩畫集

定價360元

今年生肖屬牛；我從二十歲算起正式寫詩，到今年我寫詩已超過六十年，自認為詩已是我活著的重要記錄；也或許可算是我的另類的一種日記，一種自言自語的記錄，也或許是一種自己看得見的心聲……所以，關於寫詩這回事，我是從未想過要停下來，也自認為在自己有生之年，無論如何，一定要求自己一直寫下去……

鼠鼠・數數・看看——林煥彰詩畫集

定價320元

這本鼠年生肖詩畫集的詩，是我2019年寫的部分作品；依編號標示，這一年我寫了358首，其中一些小組詩，如分開加在一起計算，長短詩作總數可達每天一首以上；詩，我知道，不是寫多就好，但我算是每天都在認真過自己有感覺的日子，儘管只是個人平淡的生活，卻總有心思索人生的意義；這算是我為自己活著、做了件有意義的心情紀錄；我認為這樣做，我這一年就不算白活了！

圓圓・諸事・如意——林煥彰詩畫集

定價350元

今年歲次「己亥」生肖「豬」，我就畫了很多豬畫，這本詩畫集就靠牠來美化版面；至於書名，乃延續前四本生肖詩畫集形式，成為系列，題為《圓圓・諸事・如意》；又因為現實人生活得已夠艱苦，我希望能讓讀者看得舒服，也向讀者祝福。

這本詩畫集，計分四卷：〈卷一：一想就到〉、〈卷二：杏花・三四月〉、〈卷三：百葉・心思〉、〈卷四：一首詩，要怎麼寫〉；每一卷的卷名，都以該卷的第一首題目為主，是為了方便的一致性，沒什麼用心；這是我的隨興。

犬犬・謙謙・有禮——林煥彰詩畫集

定價300元

林煥彰生肖詩畫集系列—狗年專輯。

以赤子童心，收藏「行走中」的人生點滴。

《犬犬・謙謙・有禮》，是我的第四本詩畫集，與生肖狗年有關，是接2017年1月出版《先雞・漫啼・大吉》詩畫集之後的作品，也是我2015年起，計畫每年出版插畫與生肖有關的書，因此書名就延續近三年來出版的三本詩畫集六個字的形式，取名為《犬犬・謙謙・有禮》，表明我作為一個愛詩愛畫，玩詩玩畫的一點心意。——林煥彰

先雞・漫啼・大吉——林煥彰詩畫集

定價300元

「從詩人跨界到畫家，提倡玩詩，也撕貼拼繪出畫展來；擅作短詩，近十年來也在華人圈中力推小詩，前些時卻又以散文詩的形式記寫了妻子的離世之情；詩與畫的結合也沒休止在八年前的《貓畫・話貓》詩畫展，繼前年開始將生肖畫與詩作結合的詩畫集《羊年・吉祥・祝福》、《千猴・沒大・沒小》之後，今年的《先雞・漫啼・大吉》也如期出版了⋯⋯

這就是林煥彰，一個不曾停下手上的筆⋯⋯」

——陳燕玲

千猴・沒大・沒小——林煥彰詩畫集

定價550元

「詩是生活」，不唱高調，不談理論，隨興裎露，隨意揮灑，我們活著是為了讓詩活著。——蕭蕭

畫裡玩詩，詩裡玩畫，說遊戲，卻是玩得率真，想得天真，做得認真。——葉樹奎

詩人提倡遊戲概念，寫詩畫畫，都可以玩；寫詩，玩文字，玩心情，玩創意；畫畫，玩線條，玩色彩，也玩創意。本書繼《吉羊・真心・祝福》後的第二本詩畫集，收錄近百首小詩，為六行小詩（含以內）的一部分並搭配與猴年生肖有關《千猴圖》的一小部分作品。

吉羊・真心・祝福——林煥彰詩畫集

定價550元

今年歲次乙未，由羊值年，我想應該屬於吉祥的一年；於是我畫了很多羊，自己覺得很高興，可以拿來和大家分享，同時認為也可以為別人祈福，祝所有的人都能過得平平安安。因此，決定為自己出版這本有詩有畫的書。所以，收錄的畫全部是羊，希望大家都能感受到喜氣洋洋。

這系列獨特形式的詩，每一首題目都明確標示主題，並以相同的祝賀語「祝福」結束，我長久以來就有一種想法；總希望大家都能和我一樣，無論是否處於順境，都得設法自我調適，讓自己過得心安理得，給自己更多的祝福。感恩。

閱讀大詩52　PG3134

黃蛇・精靈・飛騰
——林煥彰詩畫集

作　　者　林煥彰
責任編輯　劉芮瑜
圖文排版　黃莉珊
封面設計　王嵩賀

出版策劃　釀出版
製作發行　秀威資訊科技股份有限公司
114 台北市內湖區瑞光路76巷65號1樓
電話：+886-2-2796-3638　傳真：+886-2-2796-1377
服務信箱：service@showwe.com.tw
http://www.showwe.com.tw
郵政劃撥　19563868　戶名：秀威資訊科技股份有限公司
展售門市　國家書店【松江門市】
104 台北市中山區松江路209號1樓
電話：+886-2-2518-0207　傳真：+886-2-2518-0778
網路訂購　秀威網路書店：https://store.showwe.tw
國家網路書店：https://www.govbooks.com.tw
法律顧問　毛國樑　律師
總 經 銷　聯合發行股份有限公司
231新北市新店區寶橋路235巷6弄6號4F
電話：+886-2-2917-8022　傳真：+886-2-2915-6275

出版日期　2025年1月　BOD一版
定　　價　420元

讀者回函卡

Printed in Taiwan

國家圖書館出版品預行編目

黃蛇.精靈.飛騰：林焕彰詩畫集 / 林焕彰著. --
一版. -- 臺北市：釀出版, 2025.01
面； 公分. -- (閱讀大詩；52)
BOD版
ISBN 978-626-412-051-7(平裝)

863.51 113019538